HANNES SCHOLLY
Der Tod & andere Komplikationen

AF200714

BOOKS on DEMAND

DAS BUCH

Kai hat die Schnauze voll. Von der Freundin betrogen, im Beruf erfolglos. Die Eltern in den Tod geschickt. Runter von der Brücke – und gut ist es. Doch dann taucht sein Lotse Chantal auf, der ihn eigentlich ins Jenseits bringen soll. Doch weil Chantal einen kleinen Fehler gemacht hat, findet sich Kai plötzlich in den Mühlen der Jenseits-Bürokratie wieder. Und im Vergleich zu der ist jede EU-Behörde ein Kindergeburtstag. Sterben ist hier ein ordnungsgemäßer Vorgang. Da es keine passenden Vorschriften für seinen Sonderfall gibt, soll Kai in drei Tagen als Sondermüll ins Universum verklappt werden. Gemeinsam mit den Lotsen muss er schnell eine Lösung finden ...

DER AUTOR

Hannes Scholly, geboren 1969 in Flensburg, ist Journalist und Historiker. Er hat als Redakteur bei einer Tageszeitung, als Pressesprecher in einem Ministerium gearbeitet und macht heute Öffentlichkeitsarbeit für ein IT-Unternehmen. Die einschlägigen Erfahrungen mit Verwaltung in großen Organisationen führten zwangsläufig zu seinem Debütroman „Der Tod & andere Komplikationen".

Hannes Scholly
Der Tod & andere Komplikationen

Roman

Hannes Scholly
Der Tod & andere Komplikationen
3. Auflage 2017

© 2017 Hannes Scholly

Coverbilder von Heike Mahrt, Grafikdesign

Herstellung und Verlag:
BoD – Books on Demand, Norderstedt

ISBN: 9783744892858

DIE BRÜCKE

Es war saukalt dort oben. Vielleicht hätte Kai doch noch schnell die Winterjacke anziehen sollen, als er aus der Wohnung gestürmt war. Aber das hätte dem Auftritt zu sehr die Dramatik genommen, fand er. Und dramatisch war es allemal.

Also saß er jetzt frierend in seiner dünnen Jacke auf dem kalten Stahl und guckte hinunter ins Dunkle. Man machte sich ja vorher keine großen Gedanken, was man zu so einer Sache anzog. Es war schließlich ein spontaner Entschluss.

Seine Füße baumelten herunter. Ein kleiner Ruck nach vorne und es wäre vorbei. Wie lange es wohl dauerte? Fünf Sekunden? Eine Minute?

Ich weiß nicht mal, wie hoch diese Brücke ist und was genau an dieser Stelle darunterliegt, dachte Kai. Es widerstrebte seinem Ordnungssinn, schlecht vorbereitet in so eine Situation zu tapsen. Aber so war es nun mal. Daran war nicht er schuld, sondern Laura. Und natürlich der bullige Mittelstürmer aus der 3. Liga, dessen Namen Kai nie wieder aussprechen wollte. Okay, das war jetzt kein großes Versprechen mehr. Aber Kais Mittel, Laura und den Drittligastürmer zu bestrafen, waren leider begrenzt.

Kai musste daran denken, dass er letztes Wochenende noch ein Tor von diesem Arsch von der Tribüne aus bejubelt hatte ... ein nahtlos braungebrannter Arsch. Kai wäre es lieber gewesen, wenn er dieses Detail nicht gewusst hätte. Dann würde er nun nicht auf dieser Brücke sitzen und sich seinen Hintern abfrieren.

Aber die Lage war nun mal so und sein Entschluss war gefasst. Sollte Laura doch sehen, wie sie damit klarkam.

Genau genommen hatte die Sache mit Laura ihm eigentlich nur den Rest gegeben, das aber nachhaltig. In letzter Zeit waren die Dinge nicht gerade perfekt gelaufen. Dass seine Eltern im vergangenen Jahr kurz nacheinander an einem Influenza-Virus gestorben waren, den sie sich auf der ersten Fernreise ihres Lebens eingefangen hatten, konnte er bis heute nicht verwinden. Besonders deshalb nicht, weil er ihnen die Reise nach Asien aufgeschwatzt hatte.

Auch in seinem Beruf als wissenschaftlicher Assistent an der Uni war Kai nicht gerade auf der Überholspur. Nachdem ihn sein Chef über Jahre bei allen wichtigen Projekten übergangen hatte, war ihm vor Kurzem der Kragen geplatzt. Er hatte den Professor so unflätig beschimpft, dass ihm neben dem Ende seiner Wissenschaftlerkarriere nun sogar der Rauswurf drohte.

Diese Krisen hatten sein Selbstbewusstsein auf mikroskopische Größe geschrumpft, aber er hätte damit leben können. Denn er hatte ja Laura. Dachte er jedenfalls.

Kai löste eine eiskalte Hand vom Geländer und bewegte mühsam die Finger. Er hatte sich die ganze Sache leichter vorgestellt. Rauf, runter und Tschüss. Aber schon das Raufkommen war in der Dunkelheit schwierig gewesen. Er war halt kein durchtrainierter Drittligastürmer, sondern ein leicht übergewichtiger Durchschnittstyp ohne Kondition. Durch das Schwitzen und die Kälte holte er sich bestimmt eine Grippe. Aber das war jetzt nicht mehr wichtig.

Er saß nun schon eine ganze Zeit lang da. Trotz der Kälte fand er das Sitzen noch einen Tick angenehmer als das Springen. Aber wenn er springen würde, konnte er das Frieren und die Bilder von dem braungebrannten Drittliga-Hintern zwischen Lauras Schenkeln einfach wegwischen. Aber das sagte sich so leicht. Wenn man wie Kai ein besonnener Typ war, der gern alles unter Kontrolle hatte, war das alles andere als leicht. Als Wissenschaftler brauchte er belastbare Daten für ein solches Experiment. Bei seinem Glück würde er wahrscheinlich mit dem Fuß irgendwo hängenbleiben und dann als völliger Idiot kopfüber von einer Brücke baumeln, dachte Kai verbittert.

Andererseits stand er eh schon als der totale Trottel da. Die ganze Stehtribüne hatte seit Monaten das mit Laura und dem Mittelstürmer gewusst. Nur er war ahnungslos gewesen. Bis heute Abend.

»Also los jetzt«, flüsterte Kai. Der Puls schlug ihm plötzlich wieder bis zum Hals und er verstand langsam, warum Leute in Todesangst ihre Schließmuskeln nicht mehr unter Kontrolle hatten. Er atmete noch einmal tief durch und beugte den Oberkörper langsam vor. Noch ein paar Zentimeter und er würde das Gleichgewicht verlieren ...

Der Druck auf die ans Geländer gepressten Füße wurde stärker. In rasender Geschwindigkeit gingen Kai die Gedanken durch den Kopf: Laura, der Drittliga-Arsch, seine Eltern, die Arbeit, sein erstes Fahrrad, sein Handy. In der Zehntelsekunde vor dem Absturz packte er mit den Händen das Geländer und riss den Oberkörper zurück. Wo war sein Handy? Lag es noch im Auto? Hatte er es ausgemacht? Wie ging es mit dem Vertrag weiter, wenn er nicht mehr da war?

Mit vor Panik rasendem Herzschlag stabilisierte Kai seine Lage auf dem Geländer. Verdammt noch mal, wieso dachte er im Angesicht des Todes ausgerechnet an sein blödes Handy? Er schaute sich verwirrt um. Und dann traute er seinen Augen kaum.

Vom Mondlicht beschienen saß einen Meter entfernt von Kai ein junger Mann auf dem Geländer. Er trug eine verwaschene Jeans und ein Hard Rock Cafe T-Shirt. Ein Aktendeckel war unter seinen Arm geklemmt. Sein jungenhaftes Gesicht schaute Kai erschrocken an.

»Verdammt ...«, murmelte der junge Mann und guckte schnell zur anderen Seite.

»Wer sind Sie«, fragte Kai mit zitternder Stimme.

Der junge Typ verzog das Gesicht und guckte angestrengt nach unten.

»He, wer sind Sie? Was machen Sie hier?« Kai schlotterte immer noch am ganzen Körper.

Der junge Mann fluchte leise, dann setzte er ein gekünsteltes Lächeln auf. »Tun Sie einfach so, als ob ich nicht da bin.«

»Sie sind aber da. Was machen Sie hier?« Kai starrte ihn an.

Wieder sah der Typ scheu lächelnd herüber. »Ach, ich ... kam nur zufällig gerade vorbei. Lassen Sie sich nicht stören.«

»Was soll das heißen? Niemand klettert spät abends zufällig auf eine Hochbrücke.«

»Doch ... ich bin häufiger hier ... die Luft ist hier

oben immer fantastisch.« Er atmete tief ein und seufzte zufrieden.

»Die Luft hier ist eisig kalt«, sagte Kai zitternd.

»Finden Sie?«

Kais Puls beruhigte sich langsam. »Sind Sie verrückt oder sowas?«

»Ich? Äh, nein. Ich bin ... für die Wartung der Brücke zuständig. Mache eine Kontrolle«, sagte der junge Mann und sah prüfend am Brückenpfeiler herunter. »Sieht doch gut aus. Alles bestens.« Er lächelte nervös.

Der Typ hatte eindeutig nicht alle Latten am Zaun, soviel stand für Kai fest. »Brücken kontrolliert man doch nicht im Dunkeln.«

»Ich schon, ich schon. Aber ich wollte Sie wirklich nicht aufhalten ...«

Kai fiel wieder ein, warum er hier oben saß und ein Schaudern lief ihm über den Rücken. Aber er konnte sich nicht darauf konzentrieren, wenn neben ihm noch jemand saß. Das alles war schließlich eine Angelegenheit, bei der man einsam sein musste. Sonst wirkte das alles doch gar nicht.

»Wollen Sie etwa auch ...«, fragte Kai und nicke mit dem Kopf nach unten.

Der Typ räusperte sich verlegen. »Nein, nein. Das ist nichts für mich. Ich bin rein dienstlich hier.«

»Sollen Sie mich davon abhalten, es zu tun? Hat Laura Sie geschickt?« Kai sah in Gedanken Laura heulend am Fuße der Brücke stehen, den Polizeipsychologen anflehend, etwas zu tun.

»Wer?«, fragte der Typ irritiert und schaute nervös auf seine Uhr. »Hören Sie, das kann ich jetzt nicht erklären. Es hat nichts damit zu tun, was Sie gerade tun wollten. Jedenfalls nicht direkt. Tun Sie einfach, was Sie nicht lassen können.«

Kai seufzte. Also keine heulende Laura am Brückenfuß. »Ich kann das aber nicht, wenn jemand neben mir sitzt.«

»Soll ich etwas weiter rüber rücken?«

»Ich weiß doch, dass Sie noch da sind. Sagen Sie mir jetzt endlich, was Sie hier zu suchen haben.«

Der junge Mann atmete tief durch. »Warum ist das so verdammt wichtig? Wollen Sie das von jedem Typen wissen, der Ihnen über den Weg läuft?«

»Über den Weg laufen? Wenn im Dunkeln auf einer Hochbrücke plötzlich jemand neben einem auf dem Geländer sitzt, darf man ja wohl mal nachfragen«, erwidert Kai scharf. Er zitterte wieder.

Der junge Typ schüttelte den Kopf. »Verfluchter Mist. Warum zieh nur ich immer diese großen Lose«, grummelte er.

Kai wurde die Sache langsam unheimlich. »Sie sind ja verrückt. Ich glaub, ich gehe lieber«, sagte er und machte Anstalten, vom Geländer zu klettern. Allerdings waren seine Hände und Füße so kalt, dass er seine Lage doch lieber beibehielt.

»Also gut«, rief der junge Typ und seine Schultern sackten zusammen. »Ich soll Sie abholen. Und ich bin einen Moment zu früh da gewesen, weil Sie den Sprung gerade nur angetäuscht haben.«

Kai schaute ihn verständnislos an.

Der Typ verdrehte genervt die Augen. »Okay, ich geb's zu. War mein Fehler. Ich bin zu früh gekommen.«

»Wieso zu früh? Wenn Sie mich retten wollten, waren Sie sogar zu spät. Ich wäre schon fast runtergefallen.«

Der Andere nickte. »Genau, darauf habe ich ja auch gewartet.«

»Dass ich runterspringe? Woher ... woher wissen Sie denn das?«, fragte Kai verwirrt.

»Kann ich jetzt nicht erklären. Können wir uns später darüber unterhalten?«

»Wenn ich hier runterspringe, gibt es kein später mehr.«

Der Typ überlegte sichtbar. »Doch, gibt es. Aber das ist jetzt nicht so wichtig. Sie wollten doch gerade ...« Er wies einladend in den Abgrund.

»Wie können Sie etwas über einen spontanen Entschluss wissen, über den ich mir selbst noch nicht mal im Klaren bin?« Kai spürte leichte Panik.

Der Typ hob seufzend die Schultern. »Warum könnt ihr Menschen nicht mal Dinge einfach so hinnehmen?«

»Ich stelle hier nur berechtigte Fragen. Also raus mit der Sprache. Woher wissen Sie das alles? Und wohin wollen Sie mich abholen? Und wieso 'ihr Menschen'?« Kai verschränkte die Beine fest um das Geländer.

Der junge Mann strich sich mit der Hand durch das Gesicht. Dann setzte er ein bemühtes Lächeln auf. »Also schön, also schön. Mein Name ist Chantal, sag ruhig Du.« Er streckte Kai die Hand hin.

»Kai«, antworte Kai, nahm aber nicht die dargebotene Hand. »Chantal klingt nach einem Mädchen.«

Chantal zuckte mit den Schultern. »Hab ich mir nicht ausgesucht. So hieß meine erste Passage und danach werden wir benannt.«

»Erste Passage?«

»Ja, war noch ein kleines Mädchen, das im See ertrunken ist, weil ihre betrunkenen Eltern nichts mehr gemerkt haben. Sie hab ich als erstes abgeholt und damit ihren Namen geerbt.«

»Wohin holst du die Leute ab?«

»Na, ins Jenseits. Ich bringe die Leute rüber, damit sie unterwegs nicht verloren gehen.« Chantal sah sich um, als wenn sie jemand belauschen könnte. »Die Vorschriften sagen, dass wir den Sterbenden frühestens eine Sekunde vor dem Tod abholen dürfen. Es wäre deshalb nett, wenn du nachher im Jenseits nicht erzählst, dass ich bei dir zu früh auf der Matte stand.«

Kai wurde schwindelig. Er hatte noch gar nicht darüber nachgedacht, wie es nach dem Tod weiterging. »Also bist du so was wie ein Engel oder was? Bringst du mich in den Himmel oder in die Hölle?«

Chantal schüttelte spöttisch den Kopf. »In den Himmel, okay?«

Kai überlegte. Er war sich nicht sicher, ob er wirklich in den Himmel kommen würde. Denn er hatte keine blütenreine Weste. Nichts Schlimmes: Hier und da mal eine kleine Lüge und das mit der Nächstenliebe hatte er auch nicht unbedingt übertrieben. Und für Selbstmörder hatte der Bursche da oben ja bestimmt auch nicht so viel übrig.

»Da bin ich aber erleichtert«, meinte Kai schließlich. »Wenn ich in die Hölle gemusst hätte ...«

Chantal räusperte sich ungeduldig. »Sicher, sicher.«

»Also bist du ein echter Engel? Habe ich mir immer ganz anders vorgestellt.«

Chantal verdrehte ein wenig die Augen und seufzte. »Ich bin kein Engel, sowas gibt es nicht. Ich bin einfach nur der Lotse, der dich abholt und ins Jenseits bringt.«

»Ich denke in den Himmel.«

Chantal schaute auf seine Uhr. »Ja, meinetwegen auch dahin. Wenn es dir recht ist, sollten wir jetzt ...«

»Weißt du auch, warum ich hier sitze?«, fragte Kai.

Chantal hob den Aktendeckel in seiner Hand. »Nein. Ich habe mir das Exposé vorher nicht genau durchgelesen.«

»Meine Freundin hat mich monatelang mit einem Fußballer betrogen. Und alle außer mir haben es gewusst.« Der Schmerz über die Schmach durchsiebte wieder Kais Herz.

Chantal nestelte ungeduldig an seiner Akte.

»Kannst du meine Verzweiflung nachvollziehen?«, fragte Kai.

»Äh ... nein. Sorry.« Chantal kratzte sich verlegen am Hals, als Kai ihn enttäuscht ansah. »Da bin ich leider der falsche Gesprächspartner. Mit Beziehungen kennen wir uns nicht so aus.«

»Wieso das? Uns wird doch das ganze Leben Nächstenliebe gepredigt. Und dann spielt das bei euch im Himmel keine Rolle?«

»Nicht direkt ... also schon ... aber sowas ist bei uns nicht üblich.«

»Warum nicht?«

»Was weiß ich. Ist halt nicht vorgesehen.« Chantal schaute wieder auf seine Uhr. »Ich will ja nicht drängeln, aber ich habe in ein paar Stunden noch einen Verkehrsunfall zu bearbeiten.«

Kai dachte nach. »Aber ich bin mir gar nicht sicher, ob ich das hier machen soll. Vielleicht lass ich es doch lieber.«

Chantal guckte ihn verständnislos an. Dann blätterte er in der Akte und las etwas. »Äh ... nein, du wirst es machen«, sagte er achselzuckend.

»Wie kannst du da sicher sein?«

»Steht im Auftrag. Und die Daten sind immer sehr zuverlässig.«

Panik stieg in Kai hoch. »Aber, wenn ich nun doch nicht will? Ich hab's mir anders überlegt.« Er versuchte vorsichtig, eines seiner steifen Beine über das Geländer nach hinten zu heben.

»Hey, hey, so geht das nicht. Weißt du, was für ein Papierkrieg da dranhängt? Den Fall hätte ich noch wochenlang an der Backe. Jetzt nimm die Tatsachen doch einfach mal hin.« Chantal rückte näher.

»Nein danke. Ich bin ein Mensch und bleibe es lieber auch noch.« Kai bekam seinen Fuß nicht über das Geländer und wackelte bedrohlich. Als Chantal ihn am Arm packte, verlor er das Gleichgewicht und stürzte in die Tiefe.

ZWISCHENSTATION

Der Fall von der Brücke dauerte so lange, dass noch einmal eine ganze Kette von Erinnerungsfragmenten durch Kais Kopf rauschte. Jetzt fiel ihm auch ein, dass das Handy ausgeschaltet im Auto lag. Am Ende der Gedankenkette wurde ihm klar, dass er gleich sterben würde, weil dieses Arschloch Chantal ihn aus dem Gleichgewicht gebracht hatte. Und das machte ihn gerade ziemlich wütend. So wütend, dass er die Panik während des Sturzes nur gedämpft spürte.

Er hob den Kopf und sah Chantal direkt über sich fliegen. Er hielt Kai mit einer Hand am Kragen und in der anderen die Akte. Er nickte aufmunternd.

Kai versuchte nach Chantal zu greifen, aber der wich geschickt aus. Kai öffnete den Mund, um ihn zu beschimpfen, aber der scharfe Flugwind nahm ihm die Luft.

Nach einer gefühlten Ewigkeit tauchten sie mit irrem Tempo in einen weichen Trichter ein. Kais Körper wurde heftig gestaucht, dann in die Länge gezogen. So ungefähr müssen sich Babys bei der Geburt fühlen, dachte Kai, der die Augen fest geschlossen hielt. Dann fiel er aus dem Trichter und landete kopfüber auf etwas Weichem. Als er die Augen wieder öffnete, sah er eine schmuddelige Weichbodenmatte. Neben ihm war auch Chantal gelandet und kreiste mit schmerzverzerrtem Gesicht die Schulter.

»Verflucht noch mal, wann tauschen sie endlich mal diese Matte aus. Wir haben schon vor zwei Jahren den

Antrag gestellt und die Gutachten nachgereicht. Aber die Schnarchlappen vom Inneren Dienst ...«

Weiter kam Chantal nicht, denn Kai hatte ihm die Hände um die Gurgel gelegt und ihn auf die Matte geworfen.

»Du Schwein wolltest mich umbringen!« Das Adrenalin pulsierte wild durch Kais Körper.

»Wollte ich nicht«, röchelte Chantal ohne dass er sich wehrte.

»Natürlich wolltest du das. Ich dreh dir den Hals um.«

Chantal tippte sich an die Stirn. »Du kannst einen Lotsen nicht umbringen. Lass los.«

»Ach ja? Ich lass es auf einen Versuch ankommen!« Kai drückte noch etwas fester zu. Aber statt blau zu werden und nach Luft zu japsen, verdrehte Chantal nur genervt die Augen und trommelte mit den Fingern auf der Matte.

Kai ließ ihn los und richtete sich in eine sitzende Haltung auf. »Du mieser Drecksack. Du hast mich von der Brücke gestoßen.«

»Hab ich nicht. Du bist selbst gefallen.«

»Du hast mich angefasst.«

»Weil ich dich stützen wollte. Von so einer Berührung verliert ein ausgewachsener Mann doch nicht gleich die Balance.«

Kai holte mit einer Faust aus und wollte zuschlagen. Doch in dem Moment erblickte er zwei Kerle in langen roten Uniformen, die wie die Typen aussahen, die vor noblen Hotels die Gäste in Empfang nehmen.

»Wir sollten die Matte freimachen«, sagte Chantal und half Kai auf die Füße. »Sonst kriegen wir gleich den nächsten Transport ab.«

Kai starrte die beiden Uniformierten an, die sichtlich ungehalten waren.

»Wer ist das? Und wo zum Teufel sind wir hier?« Er sah sich um. Sie standen mitten in einer Art Kellerpromenade wie in einer Bahnhofsunterführung. Um sie herum drängten jede Menge Leute durch die Promenade und ihre Seitengänge.

»Das ist die Zwischenstation auf dem Weg ins Jenseits«, sagte Chantal. Er zeigte den Uniformierten eine Art Pass und ein Formular. Die Uniformierten wiesen missmutig in die Richtung eines langen Seitenflurs.

Chantal zog Kai weg von der Matte auf den langen Korridor zu. »Hier müssen wir lang. Die beiden haben mir verraten, dass sich der Visaschalter gerade in der Behindertentoilette in diesem Gang befindet. Und wir müssen schleunigst hin, bevor sie ihn wieder woanders hin verlegen.«

Kai packte Chantal an der Schulter und drehte ihn zu sich um. »Jetzt mal langsam. Bin ich jetzt etwa tot oder was?« Er zitterte am ganzen Körper und musste ein hysterisches Lachen unterdrücken.

Chantal wog den Kopf. »Noch nicht ganz, wenn man es formal betrachtet. Ich würde eher sagen, du bist nicht mehr am Leben. Aber ein vollwertiger Toter bist du erst dann, wenn ich dich ordnungsgemäß im Jenseits abgeliefert habe und der ganze Papierkram erledigt ist.«

Kai schloss die Augen und schüttelte den Kopf. »Halt! Stopp! Ich merke aber doch, dass ich lebendig bin und dass ich einen Körper habe. Obwohl ich von einer Brücke gefallen und dann auf dem Boden aufgeschlagen sein muss. Das haut doch alles nicht hin! Das ist doch ...

widersinnig!« Er öffnete die Augen und spürte tiefe Verzweiflung in sich aufsteigen.

Chantal seufzte und schaute sehnsüchtig durch den Korridor. »Können wir das später besprechen? Jetzt wäre es klasse, wenn wir den Visaschalter noch auf dem Behindertenklo erwischen. Sonst verlegen sie ihn womöglich wieder in die Kanalisation und wir können knietief durch Scheiße waten.«

Kai lehnte sich mit dem Rücken an die Wand und verschränkte die Arme. Jetzt war er mehr wütend als verzweifelt. »Ich gehe keinen Schritt weiter, bevor du mir nicht erklärt hast, was hier gerade passiert.«

Chantal rieb sich die Augen und stöhnte. »Meine Güte, kannst du nicht wie ein ganz normaler Sterbender ein wenig unter Schock stehen und dich einfach still und friedlich hier durchführen lassen?«

Kai schüttelte trotzig den Kopf. Er war stolz darauf, dass niemand an seinem Dickschädel vorbeikam. Abgesehen von Laura vielleicht, die noch sturer war als er.

Chantal sah ihn entmutigt an. »Also gut, ich versuch mal die Kurzversion. Sterben funktioniert nicht so, wie ihr Menschen euch das vorstellt. Das hat nichts mit irgendwelchen Organfunktionen zu tun oder mit Geist, Seele und Körper und sowas. Sterben ist ein ziemlich komplexer Verwaltungsvorgang. Okay? Können wir es fürs Erste dabei belassen? Ja? Danke!«

Kai schüttelte energisch den Kopf und packte Chantal am Arm. »Nichts belassen wir dabei. Jetzt hör mir mal gut zu, du Komiker. Ich habe keinen Bock auf eure Späße, überhaupt keinen Bock, klar? Und du wirst mich jetzt auf der Stelle wieder auf die Brücke zurückbringen, verstanden?« Er drückte mit jedem Wort fester zu.

»Das geht nicht. Das hier ist eine Reise ohne Rück-flug.«

Kai schüttelte noch heftiger den Kopf. »Du verstehst nicht. Du wirst mich auf der Stelle zurückbringen«, schrie er verzweifelt.

Chantal stöhnte und hob die Schultern. »Kapier es doch endlich. Du lebst nicht mehr. Du bist jetzt nicht mehr auf der Menschenwelt und kommst da auch nicht wieder hin. Du bist formal zwar noch nicht tot, aber ordnungsgemäß lebendig wirst du nie wieder.«

Kai starrte ihn verständnislos an. Sein Griff lockerte sich und er versuchte den Gedankenwirrwarr in seinem Kopf zu ordnen.

»Aber was ist dann mit Leichen und so? Wenn ich von einer Brücke falle, muss doch morgen früh jemand meine Leiche finden. Da kann ich doch nicht durch irgendwelche Passagen spazieren.«

Chantal massierte sich die Schläfen und legte dann die Fingerspitzen zusammen.

»Ja, das wird für deine Welt auch so eingerichtet. So lange, bis wir die Formalitäten sauber geklärt haben, ist auf deiner ehemaligen Welt gerade ein Timeout.«

»Was für ein Timeout?«

»Na, die Welt steht halt kurz still. In der Millisekun-de vor deinem Aufschlag haben unsere Jungs in der Steuerungszentrale auf Pause gedrückt.«

»Moment, Moment. Du willst mir erzählen, dass jetzt gerade auf der Welt alles stillsteht?«

»Ja, natürlich. Und wenn wir dich im Jenseits unter-gebracht haben, lässt die Steuerungszentrale das Ding weiterlaufen.«

»Aber dann muss die Welt ja ständig stillstehen,

denn es kratzt doch jede Sekunde irgendwo einer ab.«

Chantal lachte kopfschüttelnd. »Ja, stimmt. Das ist eine ziemlich ruckelige Angelegenheit mit eurer Welt. Aber sie wird auch nicht jedes Mal angehalten. Nur in den Fällen, wo noch eine Leiche nötig ist. Dann muss einer aus der Präparationsabteilung losflitzen und so einen nachgebauten Körper ausliefern.«

Kai blieb der Mund offenstehen. Langsam rieselte die Erkenntnis durch sein Hirn, dass er gestorben war. Auch wenn er vorher wenige Vorstellungen davon hatte, wie das sein würde, so hatte er sich das bestimmt nicht vorgestellt. Er fühlte sich plötzlich unendlich müde. Chantal zog ihn weiter. »Wenn du mich fragst, könnte man an der Stelle richtig Ressourcen sparen. Was die in der Präparationsabteilung für einen Aufwand betreiben müssen ... Junge, Junge. Und das Ganze nur deshalb, weil ihr Menschen unbedingt eine Leiche braucht, wenn einer aus dem Verkehr gezogen wird. Keiner weiß mehr, warum man diese uralte Dienstanweisung mit den Leichen überhaupt mal erlassen hat. Ich finde, da sollte man mal einen Schnitt machen und euch endlich daran gewöhnen, dass die Toten einfach verschwinden. Ein paar Wochen Aufregung und ein paar Mystery-Theorien, dann kräht da doch eh kein Hahn mehr nach. Aber was soll's. Mich fragt ja keiner.«

Die beiden waren inzwischen am Ende des Korridors angelangt, wo ein infernalischer Uringestank Kai den Atem raubte.

»Wieso befindet sich der Schalter denn ausgerechnet auf einem stinkenden Klo?«, fragte Kai und rümpfte die Nase.

»Tja, der wird immer mal wieder verlegt. Und heute ist er eben hier untergebracht.«

»Aber warum verlegt man den immer wieder? Ist doch blödsinnig.«

Chantal seufzte. »Das stimmt. Ich glaube, das hat mit gewissen Kompetenzstreitigkeiten zu tun, die schon ewig schwelen. Weil man sich nicht einigen konnte, wer für den Visaschalter verantwortlich ist, rotiert er halt. Heute hier, morgen dort.«

Kai schüttelte den Kopf und sah sich genauer um. Vor einer Tür mit einem Rollstuhlzeichen stand ein dunkelhäutiger Kerl mit Vollbart und Rastalocken. Er hielt eine zittrige Oma am Arm.

»Hey Chantal! Na, alles geschmeidig?« Der Rastamann und Kais Lotse machten einen High Five.

»Elvis, alte Säge!«

»Bist du auch ein Lotse? Wieso heißt du Elvis?«, fragte Kai den Rastamann, der ihn aber gar nicht ansah.

»Er darf nicht mit dir reden. Und die Oma kann dich nicht hören. Ist 'ne Sicherheitsmaßnahme, damit keiner dem anderen in den Fall reinquatscht«, erklärte Chantal.

Kai tippte der Oma auf die Schulter, aber sie reagierte tatsächlich nicht.

»Elvis ist schon ein alter Hase bei uns Lotsen. Er hat damals zu seiner Premiere einen fetten Sänger abgeholt, der bei euch wohl mal 'ne große Nummer war.«

»Den King of Rock'n'Roll?« Kai war beeindruckt. »Frag ihn doch bitte mal, wie das war, als er Elvis um die Ecke gebracht hat.«

Chantal machte eine wegwerfende Handbewegung. »Ach, da gibt es nicht viel zu erzählen. In der Regel quatschen wir Lotsen kaum mit den Sterbenden. Wir tauchen ja auch erst eine Sekunde vor ihrem Tod auf.

Und die meisten sind entweder senil, geschockt oder sonst wie gerade unpässlich. Elvis redet auch nicht gern über seine Premiere. Er hat nur mal angedeutet, dass das Ganze wegen der Drogen und des Alkohols eine ziemliche Schweinerei gewesen ist.«

Die Tür des Klos ging auf und ein weiteres Pärchen trat heraus. Ein dicker grauhaariger Lotse mit Vollbart und Brille schob einen übel zugerichteten Soldaten in den Flur. Chantal guckte demonstrativ in die andere Richtung.

»Das ist Benno, der faulste Sack im ganzen Jenseits«, sagte Chantal halblaut, als die beiden vorbei waren. »Das ist seine erste Passage seit ewigen Zeiten. Immer drückt er sich wegen irgendeinem Kleinkram. Der kann sich tagelang damit aufhalten, ein Formular zu bearbeiten, während alle anderen von einem Termin zum nächsten hetzen. Und damit kommt er immer wieder durch.«

Der penetrante Gestank auf dem Flur verstärkte sich jedes Mal, wenn eine der Klotüren aufging. Nach einigen Minuten kamen Elvis und die Oma wieder aus der Kabine. »Beeil dich, die ziehen gleich wieder um«, sagte Elvis grinsend.

»Verdammt, los komm jetzt.« Chantal zog Kai schnell in das Klo. An einem winzigen Schreibtisch saß eine grauhaarige Frau mit einem faltigen Gesicht und weit heruntergezogenen Mundwinkeln. Sie trug einen grauen Männeranzug und eine Krawatte.

»Mahlzeit. Eine Passage noch schnell vor dem Umzug, okay?« Chantal setzte ein charmantes Lächeln auf, doch die Mundwinkel der Frau wanderten noch ein Stück weiter nach unten. Sie zog eine Taschenuhr hervor und hielt sie prüfend ins Licht.

»Es ist eine Minute vor zwölf. Um zwölf schließen wir für den Umzug«, sagte sie unwillig.

»Ja, aber es ist ja noch eine Minute vor zwölf«, sagte Chantal und kramte aus seiner Aktenmappe einen Stapel Formulare und Papiere hervor und legte sie auf den Schreibtisch.

»Aber ich kann in einer Minute unmöglich diesen Vorgang abschließen. Und dann schließen wir.«

»Aber, wenn Sie bis zwölf Uhr geöffnet haben, müssen Sie doch auch bis zwölf Uhr Fälle annehmen. Sonst müssten Sie vorher sagen, dass Sie nur bis 11:59 Uhr Annahme haben.«

Die Alte lehnte sich in ihrem knarzenden Stuhl zurück und zückte einen Aktenordner aus dem Schreibtisch. Bedächtig blätterte sie durch die Seiten und ließ den gelblichen langen Finger über die Zeilen gleiten. Schließlich machte sie den Ordner wieder zu und seufzte schwer. »Die Dienstvorschrift gibt dazu leider keine konkrete Anweisung. Ich werde eine Präzisierung beantragen. Kommen Sie in den nächsten Tagen noch mal wieder.«

Chantal verdrehte die Augen. »Hören Sie: Ich verstehe Ihre Lage, aber können Sie auch meine verstehen? Wir haben es eilig. Könnten Sie uns bitte die Passage ausstellen?«

Die Alte ließ ein heiseres Lachen hören. »Ich soll einen Präzedenzfall schaffen? Was verlangen Sie von mir! Nein, nein. Keine Entscheidung ohne klare Grundlage.«

Chantal verzog wütend das Gesicht. Dann atmete er tief durch und raffte die Unterlagen wieder zusammen. »Na schön, Sie lassen mir keine andere Wahl. Dann werde ich mich sofort hinsetzen und eine Sachprüfung durch das Justiziariat einleiten. Sie wissen ja, was da für ein Wust von Stellungnahmen, Formblättern und Prüfungsterminen dranhängt. Aber bitte, wenn Sie uns den Stempel für die Passage nicht geben wollen, obwohl wir vor zwölf hier waren ...«

Chantal stopfte die Papiere wieder in seine Akte und öffnete die Tür. »Komm, wir gehen«, sagt er zu Kai.

Das Gesicht der Alten verfinsterte sich noch weiter. »Warten Sie«, sagte sie ärgerlich und bedeutete Chantal, die Tür wieder zu schließen. »Es widerspricht zwar allen Prinzipien ordnungsgemäßen Verwaltungshandelns, aber ich werde in diesem Fall eine Ausnahme machen. Aber Sie müssen ausdrücklich akzeptieren, dass diese Ausnahme keinerlei präjudizierende Wirkung hat.«

»Einverstanden. Ich erzähl auch niemandem davon«, sagte Chantal. Die Alte blätterte fahrig durch die Unterlagen und öffnete dann eine Schublade. Sie holte einen riesigen Stempel hervor und knallte ihn mit beeindruckender Schnelligkeit und Treffsicherheit auf vier Papiere aus dem Stapel.

»Vielen Dank«, sagte Chantal zufrieden. »Und? Wissen Sie schon, wo es jetzt hingeht?«

Die Alte zuckte mit den Schultern. »Nein, ich habe keine Ahnung, wo die uns jetzt wieder hinsetzen. Vielleicht habe ich ja Glück und darf eine Weile in dem Tabakladen in der Mitte des Kellers sitzen.«

Kai hatte dem Scharmützel nur unbeteiligt zugehört. Es war ganz offensichtlich kein blöder Scherz oder übler Traum, den er gerade erlebte. Und das schockierte ihn.

Auf dem Flur zog Chantal Kai schnell weiter. »So jetzt aber hurtig. Sonst gerate ich nachher bei dem Unfall noch in Stress.«

Er bugsierte Kai durch den breiten Hauptgang der Kellerpromenade und steuerte eine Stahltür mit einer Zahlentastatur an.

»Da geht es weiter. Ab ins Jenseits.« Chantal zog ihn am Arm, aber Kai blieb noch stehen.

»Bring mich zurück. Ich wollte ja eigentlich gar nicht sterben«, sagte er mit erneut aufkommender Panik.

Chantal sah Kai genervt an. »Muss ich dir das Ganze nochmal erklären? Nun komm endlich, wir sind spät dran.«

Kai nahm wieder seine Trotzhaltung ein. »Ich will nicht. Ich will zurück.«

»Aber du kannst nicht zurück. Man knipst das Leben doch nicht beliebig aus und ein wie einen Lichtschalter.«

»Du hast gesagt, dass ich noch nicht tot bin. Also lass dir was einfallen, wie du mich zurückschaffst.« Auch wenn der Trip ins Jenseits interessant war, verspürte Kai plötzlich einen unbändigen Lebenswillen. Und er hatte keine Lust mehr, sich von Chantal herumkommandieren zu lassen.

Die Augenbrauen des Lotsen zogen sich zusammen. »Hey, so läuft das nicht. In diesen Laden kann man nicht einfach reinlatschen, sich umsehen und dann ohne was zu kaufen wieder verschwinden. Das ist eine Einbahnstraße in Richtung Jenseits.«

»Aber ich wollte hier gar nicht hin. Du hast mich hier reingeschubst.«

»Jetzt fang nicht wieder mit dieser Nummer an.«

Ihre Stimmen waren immer lauter geworden, so dass sich die Leute nach ihnen umsahen und tuschelten.

Kai verschränkte die Arme noch ein wenig trotziger. »Ich gehe von hier aus nur wieder zurück.«

Chantal schnaufte tief durch. »Dann mach deinen Scheiß doch alleine! Ich habe noch anderes zu tun. Dann sollen sie mir doch eine Abmahnung geben. Da wisch ich mir den Hintern mit! Schönen Tag noch!« Er drehte sich um und stapfte wutschnaubend die Passage entlang davon.

Mir doch egal, dachte Kai. Sollte er doch gehen! Er hatte die Schnauze so was von voll. Er käme schon ... ja wohin? Was sollte er allein hier machen? Er konnte ja schlecht bis in alle Ewigkeit durch diese Kellerpassage laufen.

»Chantal, warte!«, rief Kai, als er solange wie möglich gewartet hatte. Chantal blieb stehen, die Hände bockig in den Taschen vergraben.

»Also gut, ich komme mit. Aber nur unter Protest und weil ich keine andere Wahl habe«, sagte Kai. Es erschien ihm gerade doch nicht mehr so verlockend, wieder zurück auf die Welt zu Laura und ihrem Drittliga-Arsch oder dem Disziplinarverfahren an der Uni zu gehen. Und diese Zwischenstation zum Jenseits war auch nicht gerade ein Ort, an dem man den Rest seines Daseins verbringen wollte. Viel schlechter konnte es im Jenseits ja nicht sein.

Chantal zögerte noch einen Moment, dann kam er langsam wieder zurück. »Na schön. Aber jetzt keine Mätzchen mehr, verstanden?«

Kai schnaufte nur verächtlich. Dass er von diesem Wicht abhängig sein musste ...

Chantal öffnete seine Akte und tippte einen Zahlencode an der Stahltür ein. Die Tür öffnete sich und gab den Blick auf zwei große Rohröffnungen frei. Es sah aus wie der Eingang zu einer Tunnelrutsche im Schwimmbad. Über der einen Röhre leuchtete eine rote Lampe, über der anderen eine grüne.

»Bleib dicht hinter mir«, sagte Chantal und stieß sich ab.

ABGELEHNT

Rutschen führten normalerweise nach unten. Sie konnten aufgrund der Schwerkraft ja gar nicht anders funktionieren, das wusste Kai. Diese aber führte tatsächlich nach oben und er rutschte gemeinsam mit Chantal steil bergauf. Der Druck auf den Körper kam von wechselnden Seiten. Sein Gleichgewichtsorgan und das Gehirn waren überfordert und streikten. Ihm wurde schlecht. Zum Glück ging die Fahrt bald in einer fast horizontalen Lage weiter, wobei die Geschwindigkeit immer noch enorm war. Im Vorbeirauschen betätigte Chantal immer wieder einige leuchtende Schalter an der Decke der Rutsche, woraufhin sich mit einem Scheppern die Richtung des Tunnels vor ihnen änderte.

»Woher weißt du, wie du die Hebel stellen musst?«, rief Kai.

»Gelernt ist gelernt«, schrie Chantal zurück und verpasste fast einen Schalter. Kai hielt lieber die Klappe.

Nach einer schroffen Biegung war plötzlich Licht am Ende des Tunnels. Die beiden wurden mit großer Wucht aus der Röhre katapultiert und kullerten auf eine große Rasenfläche.

»Da wären wir«, sagte Chantal und half Kai auf die Beine.

Kai sah sich um. Sie befanden sich in einem kleinen Park, der rundherum von hohen Bürogebäuden umschlossen war. Es sah irgendwie stinknormal aus und es war angenehm warm.

»Das ... das hier ist jetzt das Jenseits?«, fragte er ein wenig enttäuscht.

»Ja sicher. Oder - besser gesagt - ist das die Verwaltung des Jenseits. Wir müssen da lang.« Er wies auf den Eingang eines Bürogebäudes.

»Was wäre passiert, wenn du unterwegs einen falschen Schalter gedrückt hättest?«, fragte Kai immer noch irritiert von der komischen Rutsche.

»Weiß nicht, habe ich lieber noch nicht ausprobiert. Wahrscheinlich wären wir dann irgendwo verloren gegangen. Deshalb braucht man auf dem Weg hierher ja auch einen Lotsen.«

»Macht ihr eine Ausbildung, wo ihr lernt, welche Knöpfe ihr drücken müsst?«

Chantal zuckte die Schultern. »Man bekommt am Anfang eine Einweisung. Den Rest ist reine Erfahrung.«

Kais Wissenschaftlerverstand sträubte sich. »Aber es muss doch ein System geben, wie die Rutsche funktioniert.«

»Bestimmt, aber als Lotse hat man es halt im Gefühl, wo man wann drücken muss. So, nun lass uns gehen.«

»Wir sind hier ja raufgerutscht. Ist das jetzt der Himmel?«, fragte Kai ein wenig enttäuscht, als sie auf eine Drehtür zuschritten. Er wusste nicht, was er sich vorgestellt hatte, aber dieser Innenhof mit den Bürosilos konnte in jeder x-beliebigen Stadt sein.

Chantal lachte. »Jetzt fang doch nicht schon wieder mit diesen Klischees an. Himmel oben, Hölle unten - ist doch völliger Blödsinn. Das hier ist die Jenseitsverwaltung. Ist für euch Menschen nicht so wichtig, weil ihr hier ja nur schnell erfasst und in ein Szenario weitergeleitet werdet. Ich erklär's dir nachher noch genauer.«

Sie gingen durch die Drehtür.

»Ist schon mal jemand auf der Passage verloren gegangen?«, fragte Kai.

Chantal überlegte. »Soweit ich weiß, nein. Wir Lotsen verstehen schließlich unser Handwerk. Der fette Yanuk wurde mal als vermisst gemeldet. Aber er steckte letztlich nur in einer Kurve der Rutsche fest. Das Bergen hat ewig gedauert, weil sich unser Referat mit der Rutschenverwaltung nicht einigen konnten, wessen Zuständigkeit das nun ist. Ging letztlich nur darum, wessen Budget mit der Bergung belastet werden sollte.«

Vor der Drehtür stand eine Gruppe von Rauchern mit Kaffeebechern in den Händen. Alle trugen die gleichen grauen Anzüge, weiße Hemden und dunkelrote Krawatten. Auch die Frauen.

»Was sind das für Leute?«, fragte Kai leise, als sie durch die Drehtür gingen.

»Kenn ich nicht. Hier arbeiten so viele Leute, da merkt man sich nicht jedes Gesicht.«

»Aber wieso tragen die alle die gleichen Anzüge?«

»Das ist hier so der übliche Dresscode. Und frag mich jetzt nicht schon wieder warum.«

»Okay, aber warum tragt ihr Lotsen keine Anzüge?«

Chantal blieb stehen und sah erstaunt an sich herunter. »Ist mir noch gar nicht aufgefallen.«

Kai schlug sich lachend die Hände vor das Gesicht.

»Eigentlich müsste ich das mal checken«, meinte Chantal verwundert. »Aber ich mach Marlene lieber nicht drauf aufmerksam. Bloß keine schlafenden Hunde wecken, sonst hat man nur Scherereien. Außerdem würde ich mir nie so ein Ding umbinden.«

»Marlene?«

»Unser Referatsleiter. Ist zwar ein bisschen altmodisch, aber sonst ein dufter Typ.«

Sie hatten inzwischen ein schmuckloses Portal durchquert. Sie gingen an zwei Türen vorbei, an denen »Aufnahme« stand und die mit Hinweisen und Ermahnungen gepflastert waren. Aber Chantal führte Kai weiter endlose Gänge entlang, Treppen rauf und wieder runter. Wenn Kai sich nicht täuschte, gingen sie jetzt schon wieder durch das Eingangsportal.

»Weißt du, wo wir hinmüssen?«

»Na klar. Was für eine Frage. Das ist mein Job«, sagte Chantal beleidigt und legte noch einen Zahn zu. Kai versuchte die Orientierung zu behalten, doch nach der fünften Ecke und vier weiteren Treppen gab er es auf.

Irgendwann kamen sie schon wieder durch ein Portal, das dem Eingang verdammt ähnlich sah.

»Hier waren wir doch schon«, sagte Kai ein wenig außer Atem.

»Quatsch, waren wir nicht.«

»Ich bin mir aber sicher. Da stehen ja auch noch die gleichen Raucher draußen.«

Chantal blieb ruckartig stehen und stieß Kai den Zeigefinger gegen die Brust. »Willst du mir sagen, wie ich meinen Job zu machen habe, oder was soll das?«

»Ich sage nur, dass wir schon dreimal im Kreis gegangen sind.«

»Sind wir nicht. Wir gehen genau den vorgeschriebenen Weg, wie er in der Dienstanweisung 72/8900-a steht. Warum sollte uns jemand im Kreis herumführen?«

»Woher soll ich das wissen? Ich kenn mich hier nicht aus. Ich weiß nur, dass wir schon dreimal hier vorbeigekommen sind.« Kai wurde langsam wütend.

»Jetzt hör endlich damit auf, den Oberschlauen zu spielen. Ich kenne diese Verwaltung wie meine Westentasche. Außerdem sind wir auch schon da.« Er blieb vor der Tür der Aufnahme stehen, die Kai definitiv schon gesehen hatte.

Chantal zog eine Nummer aus einem Automaten: 74. Auf dem Display über der Tür stand die 63. Kai sah sich um, konnte aber keine anderen Wartenden sehen. Aber er verkniff sich die naheliegende Frage und setzte sich schmollend auf die Wartebank an der Wand. Chantal ließ sich neben ihm nieder und sortierte Papiere in der Akte. Dabei achtete er darauf, dass Kai nichts lesen konnte.

In dem Wartebereich gab es keine Uhr, aber Kai war sich sicher, dass sie schon eine halbe Stunde auf der Bank saßen. Die Anzeige zeigte immer noch die 63.

»Wie lange dauert das denn noch?« Kais Hintern tat langsam weh. Er ging ein wenig auf und ab.

»Solange, bis die 74 drankommt. Ist doch logisch.«

»Aber es passiert doch gar nichts. Willst du nicht mal nachfragen?«

Chantal schüttelte den Kopf. »Was meinst du, wozu es dieses Nummernsystem gibt? Eben, damit die Leute nicht ständig klopfen und nerven.«

Kai reichte es jetzt. Er ging zur Tür und klopfte an. Als niemand etwas sagte, öffnete er die Tür ein Stück und steckte den Kopf herein.

»Was fällt Ihnen ein. Raus hier! Warten Sie gefälligst bis Sie dran sind«, bellte ein irre dicker Typ, der an einem Tresen gelehnt stand und ein Sandwich aß. Er hatte sein graues Sakko auf den Tresen gelegt und die rote Krawatte gelockert.

»Entschuldigung, ich dachte nur ...«

»Raus hier!«, brüllte der Dicke mit hochrotem Kopf.

Kai machte die Tür wieder zu.

»Bist du wahnsinnig!« Chantal stieß ihn derbe gegen die Schulter. In diesem Moment sprang die Anzeige direkt von der 63 auf die 74.

Kai grinste den sichtlich irritierten Lotsen zufrieden an. Chantal schnaufte und klopfte an die Tür.

Drinnen erwartete sie der Dicke mit festgezurrter Krawatte und im Sakko an dem Tresen.

»Hallo. Ich bring eine Aufnahme«, sagte Chantal geschäftsmäßig und zog aus seiner Aktenmappe den Stoß Papiere. »Hier sind die Auftragsbestätigung, das Exposé, die UBedAnz, die Ausweise, das U-Meld-Geraffel und die ganzen Anlagen.«

Der Dicke nahm den Stapel und überflog die Unterlagen durch seine Lesebrille. »Die Anlage Kind fehlt«, sagte er schließlich mit gerunzelter Stirn.

»Oh, die Anlage Kind«, sagt Chantal und blätterte nervös durch die Akte. »Ah, da ist der kleine Racker ja.« Er legte die Bescheinigung lächelnd auf den Schreibtisch. »Die vergesse ich immer wieder. Wissen Sie, warum wir die auch bei Erwachsenen immer dazu packen müssen?«

Der Dicke sah Chantal verständnislos über seine Lesebrille an.

»Na, schon gut. Wird schon alles seinen Grund haben. Ist übrigens ein 89d.«

Der Dicke begann langsam, Kais Daten in einen Terminal zu tippen. Zwei seiner Finger suchten mühsam Buchstabe für Buchstabe und er prüfte nach jedem Anschlag das Ergebnis.

»Ein 89d, sagen Sie? Selbstmord?«

»Ja, genau.«

Kai konnte nicht an sich halten. »Halt stopp, das stimmt nicht. Das war kein Selbstmord.«

Der Dicke sah ihn stirnrunzelnd an und Chantal schnappte nach Luft.

»Hören Sie nicht auf ihn. Er ist noch ein wenig verwirrt. Es war ein astreiner 89d.« Chantal lachte nervös und gab Kai einen derben Tritt gegen das Schienbein.

»Nein, das war es nicht. Ich wurde von der Brücke geschubst«, beharrte Kai. So einfach wollte er Chantal nicht aus der Nummer rauskommen lassen.

»Also ein 89b? Mord?«, fragte der Dicke.

»Ja genau, ein Mord«, sagte Kai zufrieden.

»Wer ist der Verursacher?«

»Er war's«, sagte Kai und zeigte auf Chantal, bevor der etwas sagen konnte.

Chantal schlug die Hände vor das Gesicht und sank in sich zusammen. Der Dicke öffnete den Mund, machte ihn dann aber wieder zu.

Chantal trommelte mit den Fingern auf den Tresen. »Hören Sie bitte nicht auf ihn. Ich bin hier der Lotse. Er ist aus freien Stücken von der Brücke gesprungen, also ein eindeutiger 89d.«

Kai drehte sich zu Chantal um und die beiden standen Nasenspitze an Nasenspitze. »Du hast mich angefasst und darum bin ich runtergefallen!«

»Können wir das nachher unter vier Augen klären«, zischte Chantal und zeigte dem skeptisch dreinblickenden Dicken ein gequältes Lächeln.

Der Dicke tippte umständlich in seinem Computer. »Also in dem Protokoll stimmen die Zeitabläufe ja vorn und hinten nicht. Ein 89d kommt da nicht in Betracht.«

»Ha«, rief Kai triumphierend. »Also nehmen Sie Mord.« Das machte doch richtig was her.

Der Dicke tippte wieder in seinem Computer und kratzte sich dann ratlos an seinem schwarzen Haarkranz. »In das Feld 'Verursacher' kann ich keinen Lotsen eintragen. Nimmt er nicht. Ein 89b kommt also auch nicht in Betracht.«

Chantal grunzte verzweifelt.

»Na, wir wollen ihre kostbare Zeit nicht zu sehr in Anspruch nehmen. Einigen wir uns einfach auf einen handelsüblichen Selbstmord und der Drops ist gelutscht«, sagte Chantal nervös lachend.

»Das geht nicht. Das gibt das Protokoll nicht her. Kommt gar nicht infrage.«

»Aber was machen wir dann?«, fragte Chantal leicht verzweifelt.

Der Dicke tippte noch mal und brummte vor sich hin. »89a - natürlicher Tod ... geht nicht, 89c - Unfall ... akzeptiert er nicht, 89e - Krieg ... nein, 89f - Sonstiges ...«

Er griff zu seinem Telefon. »Hallo, ich bin's. Sag mal, wofür ist eigentlich 89f vorgesehen?« Sein Gesicht wurde immer länger, während er offenbar einem Kollegen zuhörte.

»Danke.« Er kratzte sich wieder am Haarkranz. »89f hat keine Funktion, ist ein Programmfehler. Zu blöd, dass man sowas nicht mal rausschmeißt.«

»Und nun?« Chantal hatte sich angespannt nach vorn gebeugt.

Der Dicke zuckte mit den Schultern und reichte Chantal den Papierstapel zurück. »Weiß ich auch nicht.

Ich kann ihn in jedem Fall nicht annehmen.«

Chantal lachte hysterisch auf. »Was soll das heißen: Sie können ihn nicht annehmen? Was soll ich denn jetzt mit ihm anfangen. Mein Job endet hier!«

Der Dicke verschränkte die Arme. »Meine Zuständigkeit beginnt mit der erfolgreichen Aufnahme. Die ist hier nicht gegeben, also ist das Ihr Problem.«

»Aber was soll ich denn machen? Dann ändert doch eure verdammte Ziffer 89f.«

»Das können Sie natürlich gern anstoßen. Wenn Sie die Normvorlage zeitnah einreichen, ist das Gesetzgebungsverfahren bestimmt in zwei Jahren durch - wenn im Anhörungsverfahren alles glattgeht.« Der Dicke zwinkerte Chantal aufmunternd zu.

»Wenn Sie mich dann entschuldigen? Ich habe noch zu tun«, sagte der Dicke und schob die beiden mit seinem Bauch aus dem Büro.

Chantal ließ sich draußen auf die Bank sinken. »Heilige Scheiße.«, fluchte er.

»Und nun?«, fragte Kai.

»Du verdammter Vollidiot! Was fällt dir ein, dich in unsere dienstlichen Angelegenheiten einzumischen.«

»Entschuldige mal. Ich wollte nur der Wahrheit zu ihrem Recht verhelfen.«

»Wenn du die Klappe gehalten hättest, wäre alles glattgegangen!« Chantal stand wütend auf.

»Wenn du nicht zu früh auf der Brücke erschienen wärst, wäre ich jetzt gar nicht hier oder ein aalglatter 89d!«

Chantal holte schon Luft, um etwas zu erwidern, doch dann schnaufte er nur. »Na toll. Und was soll ich jetzt mit dir machen? Ich kann dich ja schlecht in die nächste Mülltonne werfen und hoffen, dass es keiner merkt.«

»Gibt's hier eine Unterkunft oder so?«

Chantal lachte verächtlich. »Wofür denn? Wir sind normalerweise nicht auf Gäste eingestellt. Und wir selbst brauchen keine Unterkünfte.«

»Wieso habt ihr keine Unterkünfte? Wo schlaft ihr denn?«

»Schlafen? Das ist doch auch nur so eine Erfindung für die Menschen. Wir sind immer im Büro. Euer Schlafen hat der Systembetrieb nur eingerichtet, damit wir auch mal ein bisschen weniger zu tun haben und uns mal eine Pizza einwerfen können.«

»Aber ihr müsst doch auch ein Zuhause haben.«

»Wozu?«, fragte Chantal verständnislos.

»Man hat doch auch ein Privatleben, Beziehungen und so«, wandte Kai ein.

»So was brauchen wir hier nicht. Bei uns gibt es nur dienstliche Beziehungen.«

»Aber bei euch gibt es doch auch Männer und Frauen. Da bleiben private Beziehungen doch nicht aus.«

»Du meinst Sex und sowas?«, lachte Chantal. »Das hält doch nur von der Arbeit ab. Wahrscheinlich haben wir deshalb so etwas nicht.«

»Aber ihr habt doch auch Uhrzeiten.«

»Ja schon. Aber Jahre, Monate, Tage und Stunden haben wir eigentlich nur zur Orientierung, damit wir bei euch nicht durcheinanderkommen. Hier gibt es solche Umständlichkeiten wie Tag und Nacht, Sommer und Winter nicht.«

Chantal stand auf und zuckte mit den Schultern. »Dann komm erst mal mit in unser Büro.«

Sie verließen das Gebäude und gingen quer durch den Park. Unterwegs besorgten sie sich ein Stück Handpizza an einem Imbiss. Bezahlen musste man im Jenseits offenbar nicht. Es reichte, einen kleinen Antrag auszufüllen, wie Kai beobachtete.

»Warum hat der Verkäufer unsere Anträge nicht mal angeguckt und gleich in einen Papierkorb geworfen?«, wollte Kai wissen.

Chantal stoppte und guckte genervt. »Willst du schon wieder anderen Leuten in ihren Job reinreden?«

Kai wollte etwas erwidern. Doch dann hielt er es für besser, jetzt nicht schon wieder mit Chantal zu diskutieren.

DIE LOTSEN

Sie betraten am anderen Ende des Parks ein weiteres Bürogebäude. Im Fahrstuhl drückte Chantal auf den Knopf für die 7. Etage, doch Kai spürte deutlich, dass der Lift abwärts fuhr. Weil er ahnte, dass Chantals Antwort ohnehin »Keine Ahnung« lauten würde, beschloss er, sich über solche Dinge künftig nicht mehr zu wundern. Ebenso wenig darüber, dass die Fahrt fast zehn Minuten dauerte und Zwischenstopps auf mindestens 15 Etagen beinhaltete, ohne dass jemand zustieg.

Am Ende eines langen Flurs öffnete Chantal die Tür zu einem fensterlosen Großraumbüro. Wie in amerikanischen Filmen waren die Arbeitsplätze durch flache Trennwände begrenzt. Auf ihrem Weg durch das Büro tauchten über einigen Trennwänden neugierige Gesichter auf.

»He Chantal, wen bringst du denn da mit?«, fragt eine zierliche Frau mit einem asiatischen Gesicht.

»Erklär ich dir später, Dimitri. Ist Marlene da?«, sagte Chantal matt.

»Nein, er ist gerade in der Referatsleiterrunde.«

Chantal seufzte. Sie hatten seine Box erreicht, in der ein kleiner Schreibtisch mit einem Computer stand. Chantal schleppte einen zweiten Stuhl in die Box und nahm dann ein paar Papiere aus dem Drucker.

»Na super, schon wieder drei neue Aufträge. Und das, wo ich noch den Unfall und dich habe«, stöhnte er.

»He, Adolf. Kannst du mir einen Auftrag abnehmen? Hier, ein Ertrinkender auf den Bahamas, der wäre doch was für dich.«

Aus der Nebenbox erschien der Oberkörper von einem Mann mit Pferdeschwanz und geteiltem Ziegenbart. Er trug eine dicke Brille, die seine großen Augen unheimlich betonten. Er hatte ein schwarzes T-Shirt an.

»Na gut, kann ich machen. Aber nur, wenn die beschissenen Computer endlich wieder laufen und ich das Exposé ausdrucken kann.«

Er reichte Kai seine mit Totenkopfringen bestückte Hand. »Hi, ich bin Adolf.«

»Angenehm, Kai. Du hast deinen Namen doch nicht etwa 1945 von so einem kleinen Typen mit schwarzem Schnauzer gekriegt, oder?«

Adolf lachte. »Nee, war irgendein Tattergreis aus Argentinien. Muss 1974 gewesen sein, als bei euch das erste AC/DC-Album rauskam. Klein und mit Schnauzer war der aber auch.«

»Ich erklär dir später, was Kai hier macht. Er ist eine unerledigte Passage. Ist ein wenig kompliziert«, sagte Chantal, der an seinem Computer saß. »Wieso funktionieren diese blöden Kisten denn schon wieder nicht?«

»Weiß nicht. Die IT-Jungs sind da dran, kann aber dauern. Zur Not kannst du dir das Exposé bei den Controllingleuten ausdrucken lassen. Die können noch arbeiten.«

Chantal stieß die Tastatur weg. »Können die uns nicht endlich mal vernünftige Kisten hier hinstellen. Wir haben doch vor gar nicht allzu langer Zeit diesen schrägen Apfel-Typen ins Jenseits gekriegt. Können die den nicht mal kurz aus seinem Szenario holen?«

»Ich habe gehört, dass sie das versucht haben«, grinste Adolf. »Aber der Typ soll stur wie ein Esel sein. Weil ihm die verfügbaren Displays zu schlecht sind, weigert er sich, für uns Rechner zu entwerfen. Und ohne seinen Designer läuft schon mal gar nichts. Aber auf den müssen wir noch ziemlich lange warten.«

Chantal brummte genervt. »Dann stapf ich mal ins Controlling und lass uns die Exposés ausdrucken. Kannst du inzwischen auf Kai aufpassen? Kannst ihm ja die Flimmerkiste anstellen.«

»Klar, wenn er will«, sagte Adolf gelangweilt.

»Habt ihr hier Fernsehen?«, fragte Kai überrascht, als Chantal gegangen war.

»So was Ähnliches«, sagte Adolf und kramte aus dem Schreibtisch einen kleinen Koffer hervor. Er klappte einen Bildschirm auf und zog eine Antenne heraus.

»Hier, damit kannst du steuern«, sagte er und drückte Kai einen Joystick in die Hand. Als er den Kasten anknipste, erschien die Weltkugel auf dem Bildschirm.

»Hey, das sieht aus wie Google Earth«, sagte Kai.

»Ja, stimmt, hat verdammte Ähnlichkeit. Ich frag mich, wie die Typen auf der Welt an das System rangekommen sind. Schließlich arbeiten wir hier schon ewig damit«, meinte Adolf.

Kai hatte in der Zwischenzeit mit dem Joystick herumprobiert und konnte sich über die Erdkugel bewegen und sogar heranzoomen. Mal sehen, wie es zu Hause aussieht, dachte er. Das, was mal sein Zuhause war, bevor der Drittliga-Arsch gekommen war.

»Da bewegen sich ja sogar Leute«, rief er fasziniert, als er sich in die Straße gezoomt hatte, in der Lauras und seine Wohnung lag.

»Klar, bei euch würde man das Echtzeit nennen«, sagte Adolf.

Kai zoomte noch ein Stück dichter ran. Es musste jetzt mitten in der Nacht sein. Er konnte so weit an ein Taxi heranzoomen, dass er die Ziffern auf dem Taxameter lesen kann.

»Wow! Irre!«

Was Laura wohl gerade tat? Kai schwenkte mit dem Joystick die Kamera zu dem Haus rüber, auf den dritten Stock. Das Bild wurde kurz unscharf, als er durch die Wand fuhr. Dann war er in seinem, in ihrem Wohnzimmer. Es war offenbar niemand da. Auch in den anderen Zimmern war kein Licht, das Bett leer.

Kai war ein bisschen enttäuscht. Zu gern hätte er Laura Rotz und Wasser heulend auf dem Sofa gesehen. Aber sie war einfach nicht da. Das konnte alles Mögliche bedeuten, was ziemlich unbefriedigend war.

»Kann man mit dem Ding auch Leute suchen?«, fragte Kai.

Adolf schüttelte den Kopf. »Nee, ist nicht vorgesehen.«

»Schade.« Mit einem leichten Schwenk führte er die Kamera hinaus ins Treppenhaus und dann in die Nachbarwohnung, wo dieser langhaarige Student wohnte, den er noch nie leiden konnte. Plötzlich blickte er in das Wohnzimmer des Studenten. Kai schnappte nach Luft. Er sah den langhaarigen Bombenleger nackt mit zwei Frauen in einer Stellung auf dem Sofa, von der er nicht mal geträumt hätte ...

»Was ist denn das?«, rief Kai verblüfft.

Adolf guckte nur einmal gelangweilt über seine Schulter. »Fortpflanzung, würde ich sagen. Ich habe noch nie verstanden, warum man die Menschen dafür solche komischen Verrenkungen machen lässt.«

Kai schaute noch einmal ungläubig dem Treiben des Trios zu.

»Moment, Moment. Heißt das, ihr könnt aus dem Jenseits an jeden beliebigen Ort der Welt gucken?«

»Im Prinzip ja.«

Kai wurde heiß und kalt bei dem Gedanken, dass irgendwelche gelangweilten Freaks ihm und Laura jahrelang ins Schlafzimmer geguckt hatten. Und es wurde ihm klar, dass sogar im Jenseits alle von dem braungebrannten Drittliga-Arsch wussten - zumindest theoretisch. Wieder kamen ihm die Bilder ins Gedächtnis, als er sie in flagranti erwischt hatte. Wütend dachte er daran, wie Laura ihm immer gesagt hatte, er solle langsam und gefühlvoll machen. Und dann kam diese kickende Dampframme und durfte sie mit einer Geschwindigkeit bearbeiten, als würde er in der 90. Minute aufs Tor zusprinten. Zur Hölle mit den beiden, dachte Kai. Aber die gab es ja gar nicht, wie er jetzt wusste.

Er wischte die bösen Bilder beiseite. Er könnte mit diesem Apparat am Samstag das Spiel des FC gucken. Und vielleicht konnte man ja sogar Einfluss nehmen und den Drittliga-Arsch mit einem Blitz erschlagen oder so.

Adolf lachte über seine Frage. »Nee, das geht nicht. Nur gucken, nicht anfassen.«

Schade.

Chantal kam wieder ins Büro gehastet und warf Adolf einen Schwung Zettel hin. »Hier der Bahamas-Typ. Verzögert sich um 42 Minuten. Ich muss jetzt los zu dem Unfall.«

»Denk an das Timing. Sonst wird es langsam eng in deinem Büro«, rief Kai ihm hinterher.

Adolf musste jetzt auch los auf die Bahamas. »Wenn was ist, kannst du Elvis fragen. Der ist gerade wieder reingekommen«, sagte er und deutet auf den Rastamann, der gerade mit einem Kaffee in der Hand in einer Box verschwand.

Als Kai ein paar Minuten allein in der Bürobox gesessen hatte, wurde er unendlich müde. Warum brauch ich denn noch Schlaf, wenn ich im Jenseits bin, dachte er. Na ja, er war halt doch noch nicht richtig tot.

»Schöner Schlamassel! Wie kann man nur so dämlich sein und zu früh auftauchen.«

Kai wurde durch die gedämpften Stimmen auf der anderen Seite der Trennwand geweckt.

»Ist ja gut, ich habe jetzt schon zehnmal 'Tut mir leid' gesagt. Erklär mir lieber mal, was wir jetzt mit ihm machen sollen«, zischte eine andere Stimme, die unschwer als die von Chantal zu erkennen war.

»Wir? Wieso wir? Du hast ihn angeschleppt, also wirst du ihn auch wieder wegschleppen.«

»Na, du bist mir ja eine tolle Führungskraft. Kaum wird es schwierig, lässt du mich im Regen stehen.«

»Mein lieber Chantal. Soll ich aufzählen, wie oft ich schon deine Eskapaden und Nachlässigkeiten ausgebügelt habe? Soll ich?«

Chantal seufzte genervt. »Aber diesmal brauche ich wirklich deine Hilfe.«

»Mir ist es egal, wie du das regelst. Schaff ihn einfach irgendwie weg, verstanden?«

»Und wenn nicht? Was dann?«

»Dann gibt es richtig Ärger. Aber so richtig. Diesen Fall könnte man sogar als ... ach was weiß ich, bewerten.«

Kai gähnte laut, so als ob er gerade aufwachte. Der Kopf von Chantal erschien und eine Etage über ihm der des anderen Sprechers. Auf dem hageren Körper saß ein langer Kopf mit grauen Haaren, einer riesigen Knollnase und überdimensionalen Opa-Ohren.

Der Grauhaarige lächelte betont freundlich. »Hallo, Sie müssen Kai sein. Ich bin Marlene, der Leiter dieses bescheidenen Referats.« Er reichte Kai eine knorrige Hand.

»Chantal hat mir von dem ... ähm ... kleinen Missgeschick erzählt. Machen Sie sich keine Sorgen, wir biegen das wieder zurecht. Nicht wahr?« Er knuffte den verdrossen guckenden Chantal in die Seite.

»Oh, danke, nur keine Umstände. Haben Sie schon einen Plan?«, fragte Kai.

Marlenes Gesicht wurde lang. »Das Problem an der Sache ist, dass es einen solchen Fall noch nicht gegeben hat. Es gibt dazu sozusagen keine gesicherte Rechtslage, keine Entscheidungsgrundlage. Da müssen wir ein wenig erfinderisch sein, um das Malheur auszubügeln.«

»Kein Problem. Ich habe es nicht eilig.« Kai streckte sich.

Marlene nestelte an seinem Hemdkragen. »Ich muss mich um ein paar Stellungnahmen kümmern. Chantal, du erklärst ihm das, ja?« Er nickte Kai noch mal freundlich zu und verschwand. Chantal setzte sich mit beleidigtem Gesicht auf seinen Drehstuhl.

»Erklär mir bitte erstmal eines: Ich habe vorhin ja auf die Welt geguckt. Wieso war die nicht mehr angehalten? Ich denk, die bleibt so lange stehen, bis ich tot bin und meine Leiche fertig ist.«

»Ja, das ist ja das Problem. Der Betrieb hat irgend-

45

wann angefangen, rumzumeckern, dass sie den Laden nicht ewig stillstehen lassen können. Und so hat die Ordnungsbehörde irgendwann Wind von der ganzen Geschichte gekriegt. Und die haben das Wiederanfahren angeordnet.«

»Und was ist mit meiner Leiche?«

Chantal räusperte sich verlegen. »Die ... lassen sie erst mal unter den Tisch fallen.«

»Na, herzlichen Dank. Jetzt bin ich einfach spurlos aus der Erde gefallen oder was?« Dabei hatte Kai sich doch so schön ausgemalt, wie die Polizei Laura einen Arm oder seinen Kopf zum Identifizieren zeigen würde und wie sie ewig von Schuldgefühlen zerfressen wurde.

»Das kann man ja noch nachholen, wenn dein Fall geklärt ist.«

Kai brummte unzufrieden.

»Das Ordnungsamt hat noch was verfügt«, sagt Chantal und mied seinen Blick. »Sie fordern, dass wir in drei Tagen eine Lösung finden müssen, wie wir dich ordentlich verarbeiten. Sonst ... ziehen sie den Restmüll-Paragrafen.«

»Restmüll-Paragrafen?«

»Na ja, dann deklarieren sie dich als Restmüll und verklappen dich.«

»Verklappen? Wohin wollen die mich verklappen?«

»Was weiß ich. Habe ich noch nie gesehen. Aber ich vermute mal, dass sie den Dreck in irgendeinen Winkel dieses Universums pusten.« Chantal machte ein bedauerndes Gesicht.

Kai stand wütend auf. Jetzt hatte er die Faxen aber langsam dicke. »Ich lasse mich doch nicht als ein Stück Dreck ins Universum kippen!«

Chantal hob beschwichtigend die Hände. »Natürlich nicht. Wir finden schon eine Lösung. Ich geh jetzt gleich noch mal zu der Aufnahmestelle und rede mit den Paragrafenreitern. Du kannst dir in der Zwischenzeit doch die Beine ein wenig vertreten.«

Adolf guckte über die Zwischenwand. »Ich wollte gerade eine Pause machen. Wenn du willst, komm ich mit raus.«

Kai ging mit Adolf in den Innenhof-Park. Auf dem Weg nahmen sie einen Kaffee mit, der zwar dampfte und braun war, aber keinerlei Geruch oder Geschmack hatte.

»Wie kommt man eigentlich aus diesem Bürokomplex raus?«, fragte Kai, als sie sich auf eine Parkbank im Schatten gesetzt hatten.

»Wie meinst du raus?«, fragte Adolf.

»Na, was ist auf der anderen Seite der Büros? Es muss doch irgendwo einen Ausgang geben.«

Adolf guckte ihn belustigt an. »Es gibt nur die Ausgänge zu dem Park. Und die Tunnel zur Menschenwelt. Wo sollte man denn sonst hingehen?«

»Hast du dich noch nie gefragt, was auf der anderen Seite ist? Wolltest du noch nie wissen, was hinter den ganzen Büros liegt?«

Adolf schüttelte gelangweilt den Kopf. »Nö.«

Kai seufzte. »Habt ihr hier eigentlich überhaupt schon mal irgendwas hinterfragt?«

»Na klar. Ich habe mich schon manchmal gefragt, warum die Sandwiches an dem Imbiss immer mit Salami sind. Ich mag nämlich Salami nicht so gern.«

»Und, warum ist das so?«, fragte Kai aufmunternd.

»Ist Vorschrift«, sagte Adolf gleichmütig. »Ich habe den Verkäufer gefragt.«

»Und das reicht dir als Begründung?«

Adolf guckte ihn nur verständnislos an und Kai gab es auf. Das lag auch daran, dass an der Parkbank eine Frau vorbeischlenderte, die trotz des langweiligen Standard-Anzugs eine Ausstrahlung hatte, dass die Luft knisterte.

Kai wusste, dass es total daneben war, aber seine Augen waren wie Magneten auf diese fantastische Erscheinung geheftet. Ein Hintern zum Nüsseknacken, ein Hüftschwung wie ein Model und ein von kastanienbraunen Haaren umrahmtes Gesicht mit geradezu obszönem Schmollmund.

»Alter Schwede! Hast du die gesehen?«, fragte Kai atemlos.

Adolf guckte ihr einmal kurz hinterher und zuckte dann mit den Schultern.

Kai schüttelte sich, um endlich die Augen von diesem Hintern loszubekommen. Mit einer gewissen Genugtuung stellte er fest, dass Lauras Hintern dagegen wie der eines Brauereipferdes aussah. Ha! Und er brauchte nicht mal ein schlechtes Gewissen wegen dieses gemeinen Vergleichs haben.

»Ich kann es einfach nicht glauben, dass bei euch Lotsen nichts passiert, wenn so eine heiße Flamme den Weg verbrennt. Wie vermehrt ihr euch denn bloß, wenn ihr keine Brunftzeit kennt?«

Adolf nahm seelenruhig einen Schluck von dem geschmacklosen Kaffee. »Hab ich noch nie drüber nachgedacht. Wir sind einfach irgendwann da. Man steht vor der Tür und wird reingeholt.«

48

»Aber ihr müsst doch irgendwo herkommen. Man steht doch nicht einfach plötzlich blöd vor einer Tür rum.«

»Doch. Genauso ist es. Ich weiß nur, dass Marlene manchmal neue Leute beantragt. Und so ein Antrag ist hohe Verwaltungskunst, kann ich dir sagen. Na ja, und kurze Zeit später stehen die Neuen eben vor der Tür.«

Kai stand auf und rieb sich das Gesicht. »Das widerspricht doch jeder ... Vernunft.«

Adolf gähnte nur. »Eurer vielleicht. Ihr müsst ja anscheinend um die alltäglichsten Vorgänge ein Bohei machen, dass es geradezu lächerlich ist.«

»Okay, okay. Ihr taucht also einfach so auf. Und was ist am Ende? Wo bleibt ihr, wenn eure Zeit vorüber ist?«

»Dann sind wir wieder weg.«

Adolfs Gleichgültigkeit machte Kai noch rasender. »Was heißt das: wieder weg? Dann spaziert ihr aus der Tür raus und seid einfach weg oder was?«

»Genau«, sagte Adolf, als hätte Kai ihn gefragt, ob eins plus eins zwei ergibt.

»So geht das doch nicht. Wann, warum und wohin verschwindet ihr?«

»Woher soll ich das wissen? Ich bin noch nicht verschwunden und hinterher kann es einem keiner mehr erzählen.«

»Aber solche Fragen muss man sich doch stellen.«

Adolf lachte spöttisch und stand auf. »Ich muss wieder hoch. Meine Pausenzeit ist um. So long ...«

Kai blieb noch ein wenig im Park. Vielleicht traf er ja diese unglaubliche Frau noch mal. Allerdings wusste er nicht, was er dann tun sollte. Machte wenig Sinn, eine Traumfrau anzusprechen, wenn man wusste, dass man für sie nicht interessanter als ein Autoreifen war.

Kai kam an der Wiese vorbei, wo der Tunnel aus der Zwischenstation endete. Gerade blinkten zwei rote Lampen und einen Moment später fielen zwei Gestalten aus einer der Röhren auf den Rasen.

Die eine war eine kleine Inderin mit einem wallenden weißen Kleid. Sie war offensichtlich die Lotsin. Und ihre Passage war ... Frau Kramer. Das war tatsächlich Frau Kramer! Die Nachbarin seiner Eltern, die früher so oft auf ihn aufgepasst hatte. Wie oft hatte er bei der Frau mit ihrem geblümten Haushaltskittel Mittag bekommen und zum Trösten auf ihrem Schoß gesessen. Sie hatte einen hochroten Kopf und die Augen weit aufgerissen.

»Hallo Frau Kramer! Was machen Sie denn hier?«, rief Kai bestürzt und ging auf sie zu. Er musste zugeben, dass das eine dämliche Frage war. Frau Kramer war sicher nicht ins Jenseits gekommen, um sich eine Tasse Mehl auszuborgen. Doch bevor Kai bei ihr angekommen war, stolperte er über das Bein der Lotsin, die ihn mit ihren schwarzen Augen feindselig ansah.

»Hey, was fällt dir ein! Seit wann quatschen Lotsen einfach fremde Passagen an. Sie kann dich doch sowieso nicht sehen oder hören.«

Kai sah Frau Kramer den Mund bewegen. Offenbar hatte sie etwas zu ihrer Lotsin gesagt.

»Nein, alles in Ordnung. Ich muss hier nur kurz was klären«, sagte die kleine Inderin ungeduldig zu ihr.

»Entschuldige, ich habe vergessen, dass man sich mit anderen Passagen nicht unterhalten kann. Ich bin kein Lotse, sondern selbst eine Passage.«

Die Inderin sah Kai misstrauisch an. »Wenn du eine Passage bist: Wo ist dein Lotse und wieso kann ich mich mit dir unterhalten?«

»Gute Frage. Chantal ist gerade mal unterwegs. Und ich bin sozusagen eine Passage in der Warteschleife. Vielleicht liegt es daran.«

Die Inderin machte eine wegwerfende Handbewegung. »Chantal. Ich hätte es mir denken können. Na, dann wundere ich mich auch gar nicht erst.«

Auch wenn es Kai fernlag, Chantal zu verteidigen, störte ihn schon ein bisschen, dass diese Zicke abwertend über seinen Lotsen redete.

»So, ich muss weiter. Bei der Aufnahme müssen wir bestimmt wieder ewig warten«, sagte sie und schob Frau Kramer unsanft weiter.

»Du kannst ruhig mal etwas rücksichtsvoller mit Sterbenden umgehen! Im Gegensatz zu dir haben die Gefühle!«, rief Kai ihr ärgerlich hinterher.

Er ging über die Sandwege und fühlte sich plötzlich ein wenig verloren. Es war hier zwar schön warm und grün, aber als einziger Mensch zwischen diesen Jenseitigen war man verdammt einsam. Eines war klar: Er musste hier wieder weg, sonst würde er noch depressiv.

SZENARIEN

Als Kai ins Lotsenbüro zurückkam, begegnete er Elvis auf dem Gang zwischen den Büroboxen. »Hey Elvis. Ich wollte dich schon die ganze Zeit fragen ...«

»Sorry, Mann. Keine Zeit. Ich bin spät dran und muss noch einen Lehrer in einer Grundschule einsammeln«, sagt Elvis im Vorbeilaufen.

»In einer Grundschule?«

»Ja, irgendwo in den Staaten. Da knallt mal wieder so ein Knirps mit Papas Sturmgewehr herum. Wunder dich nicht, wenn fast alle ausgeflogen sind, es gibt viel zu tun.«

Tatsächlich war es in dem großen Büroraum fast leer. Nur Chantal saß in seiner Box und hackte missmutig auf dem Computer herum.

»Musst du gar nicht mit in die Schule?«

»Nein, Marlene will mich erst wieder losschicken, wenn ich dich losgeworden bin.« Er stand auf und sagte laut: »Und dann gibt es natürlich Kollegen, die lieber Organigramme aktualisieren, anstatt bei einem Großeinsatz zu helfen!«

Der vollbärtige graue Kopf von Benno, den Kai schon in der Zwischenstation gesehen hatte, tauchte in einer entfernteren Box auf. »Ich kann nichts dafür, dass ich die Pläne nebenbei pflegen soll. Irgendwann muss ich das ja machen. Sonst kriege ich den Ärger, wenn die nicht stimmen. Außerdem bin ich gerade erst von einem Einsatz wiedergekommen.« Bennos Kopf verschwand wieder.

»War es der zweite oder der dritte in diesem Jahr? Bei der Größenordnung kommt man ganz durcheinander. Das reicht dann auch erst mal wieder für die nächsten Monate«, rief Chantal.

Wieder tauchte Bennos Gesicht auf, diesmal wütend. »Das sage ich Marlene. Dafür kriegst du eine Rüge, Chantal!«

»Ist gut. Die rahme ich mir ein und hänge sie zu den anderen«, erwiderte Chantal und ließ sich zurück auf seinen Stuhl fallen. Er legte seufzend die Füße auf den Tisch.

»Hast du was bei der Aufnahmestelle erreicht?«, fragte Kai.

»Nein, diese Korinthenkacker beharren drauf, dass sie dich weder als Mord noch als Selbstmord annehmen wollen. Ich habe versucht, ihnen einen Unfall schmackhaft zu machen, aber die sind dermaßen stur.« Er warf ein zusammengeknülltes Papier in den Papierkorb. »Da kommen wir nicht weiter.«

»Und jetzt?«

»Weiß ich auch nicht.«

»Warum gehen wir nicht einfach den Weg zurück, den wir gekommen sind?«, fragte Kai.

Chantal sah ihn belustigt an. »Vergiss es.«

»Na, wenn man irgendwo reinkommt, muss man doch auch wieder rauskommen. Wie kommst du denn auf die Menschenwelt, wenn du jemanden abholst?«

»Vergiss es. Wir werden von unserem Transaktionspunkt auf die Menschenwelt gebeamt. Wie das genau geht, weiß ich auch nicht. Wir haben jedenfalls in unserem Hirn so einen Chip eingepflanzt bekommen, der das ermöglicht. Den haben nur Lotsen und einige andere wichtige Leute.«

Kai schwieg. Sich einen Chip ins Hirn pflanzen zu lassen, klang nicht gerade verlockend.

Chantal stand auf. »Ich spreche noch mal mit Marlene. Vielleicht hat er noch einen Kanal, über den wir das einstielen können. Sonst loche ich dich einfach und hefte dich ab.« Er lachte bitter.

»Wie geht es eigentlich weiter, wenn du mich doch noch abgeliefert hast?«, fragte Kai.

»Weiß ich nicht genau, ist ja nicht unsere Zuständigkeit. Aber soweit ich gehört habe, sucht ihr euch ein Szenario aus, bekommt eine Eintrittskarte und spaziert da dann hinein.«

»Was denn für ein Szenario?«

»Ach, damit ihr euch wohlfühlt, haben sie künstliche Welten aufgebaut, in denen ihr dann aufbewahrt werdet. Wenn man ehrlich ist, sind es gemütliche Käfige, aber Szenario hört sich weniger erschreckend an.«

»Und nach welchen Kriterien läuft das? In welches Szenario kommt man? Hat das was damit zu tun, was man in unserer Welt gemacht hat? Oder gibt's da eine Punktewertung?«

Chantal lachte spöttisch. »Vergiss endlich mal deine kindischen Menschenkategorien. Was du auf der Welt gemacht hast, ist völlig egal. Hier bist du jenseits von Gut und Böse. Die Karten werden neu gemischt.«

Während seines Lebens war Kai das salbungsvolle Gelaber von den guten Taten, die einem später gedankt würden, ziemlich egal gewesen. Und Gutmenschen hatten ihn schon immer genervt. Aber dass seine Vorgeschichte im Jenseits überhaupt keine Rolle spielte, fand er doch ein wenig enttäuschend. Wenn er das gewusst hätte ... Womöglich traf er in seinem Szenario Caligula oder Stalin, die ihn zum Skatspielen einluden. Dabei hatten die nun wirklich die Hölle verdient.

»Wie viele von den Szenarien gibt es denn? Und wo sind die?«, wollte Kai wissen.

»Weiß nicht genau, wie viele es sind. Hunderte. Die sind irgendwo in den Kellern untergebracht. Manchmal werden auch welche wieder geschlossen und neue angelegt. Die Bedürfnisse von euch Menschen ändern sich ja ständig.«

»Aber die können doch keine Szenarien einfach dichtmachen. Da leben, ich meine, wohnen doch Leute drin.«

»Die werden dann auf andere Szenarien verteilt. Oder sie sind reif für den Fahrstuhl.«

»Welcher Fahrstuhl?«

»Na, der, der euch irgendwann wieder wegschafft.«

Kai setzte sich auf den Schreibtisch und versuchte sich zu konzentrieren. »Moment, nicht so schnell. Wir bleiben nicht ewig in unserem Szenario, sondern fahren mit einem Fahrstuhl weg?«

»Natürlich. Wo sollten wir denn mit euch allen hin, wenn wir euch ewig auf der Matte hätten? Als ihr eure Weltkriege hattet, wurde es hier teilweise ganz schön eng. So bummelig 50 Menschenjahre bleibt ihr hier, dann geht's ab mit dem Fahrstuhl.«

»50 Jahre nur? Das ist aber wenig. Und wo bringt mich der Fahrstuhl hin?«

Chantal zuckte die Schulter. »Ich bin noch nicht mitgefahren. Das Ganze st für mich ja auch keine besonders wichtige Frage, oder?«

Kai seufzte. Es hatte ohnehin keinen Zweck, wieder in eine dieser Warum-Diskussionen mit Chantal zu gehen.

Stattdessen versuchte er sich vorzustellen, in was für ein Szenario er wohl kommen könnte. Bloß kein Uni-Szenario, wo er wieder als wissenschaftlicher Hiwi arbeiten müsste. Dann schon eher was Nettes für die Freizeit.

»Gibt es auch ein Fußball-Szenario?«

»Na klar«, sagte Chantal.

Kai musste grinsen. Das war es doch. Er würde sich ins Fußball-Szenario bringen lassen. Und dort würde er vom fiesesten Vorstopper aller Zeiten Blutgrätschen lernen. Jahrelang würde er trainieren, bis irgendwann dieser Drittliga-Arsch bei ihnen reinkäme und Kai ihn bis in alle Ewigkeit umtreten könnte. Perfekt!

»Also nach dem, was ich gehört habe, würde ich von Fußball abraten«, sagte Chantal. »Die trainieren nur die ganze Zeit und spielen immer wieder gegen sich selbst. Ist ja auch logisch, wo sollten die Gegner auch herkommen. Es hat wohl mal einen Versuch gegeben, die Eishockey-Freaks gegen sie spielen zu lassen. Aber das endete in einer so heftigen Schlägerei, dass unsere Ordnungskräfte Stunden brauchten, um das ganze Szenario zu räumen. Außerdem soll der jetzige Fußballtrainer ein mieser Typ sein, der seine Leute ständig schikaniert. Den General nennen die ihn. Der war wohl mal in Holland eine große Nummer.«

»Das überlege ich mir dann lieber noch mal.« Mit Schaudern dachte Kai an seine Jugendfußballer-Karriere, die er früh beendet hatte, weil der durchgeknallte Trainer die Jungs nur mit Hanteln und Medizinbällen trainieren ließ.

Marlene durchquerte das Büro mit langsamen Schritten und verschwand in seinem abgetrennten Glaskasten. Chantal winkte Kai mitzukommen. Wie bei der Aufnahme war neben Marlenes Bürotür ein Nummernautomat, aus dem sich Chantal einen Zettel zog.

Kai guckte durch die Glasscheibe des Büros und Marlene nickte ihm freundlich zu.

»Wieso ist hier denn ein Nummernautomat? Man kann doch sehen, ob jemand im Büro ist oder nicht.«

»Ist wahrscheinlich Vorschrift. Und diesmal gehst du nicht einfach rein, ist das klar?«

Gerade als Kai Chantal scharf antworten wollte, drückte Marlene auf einen Knopf und ihre Nummer erschien.

»Hallo, mein Lieber. Sie sind also immer noch da«, begrüßte Marlene Kai mit einem bekümmerten Lächeln. Dann wandte er sich mit einem sehr langen Gesicht an Chantal: »Ist die Beschwerde von Benno zutreffend?«

»Habe ich nicht gelesen. Aber stimmt, ich habe ihm die Meinung gesagt.«

Marlene seufzte und schüttelte den Kopf. »Mit dir hat man auch nur Scherereien. Ich brauche noch deine Stellungnahme und vergiss die Datenschutzerklärung nicht. Die Rüge gebe ich dir trotzdem schon mal. Das nächste Mal muss ich eine Abmahnung erteilen.« Er druckte zwei rosafarbene Blätter aus, auf denen er sorgfältig Stempel platzierte und unterschrieb.

Chantal quittierte den Empfang der Rüge unwillig. Dann erzählte er, dass er am Aufnahmeschalter nichts erreicht hatte.

»Eine halbe Stunde habe ich mir den Mund fusselig geredet, aber die sind hart wie Granit«, sagte er resigniert. »Inzwischen löst Kais Name in deren gesamten Referat einen Großalarm aus.«

Marlene zog sein Gesicht noch ein wenig mehr in die Länge. Sogar seine Ohren schienen sich nach unten zu dehnen. »Ich habe heute Morgen in der Runde auch mal bei der Referatsleiterin vorgefühlt. Aber es war nichts zu machen. Wir könnten höchstens eine Normprüfung des 89f anstoßen, hat sie gesagt.«

»Also in unserer Welt gibt es für solche Fälle ja Eskalationsstufen. Wer entscheidet hier denn in Konfliktfällen?«, fragte Kai vorsichtig.

»Chalchiuhtecolotl, unser Abteilungsleiter. Aber im Grunde genommen hat der auch nichts zu entscheiden und reicht es weiter nach oben«, sagte Marlene.

»Und an wen gibt Chal-dingsdabumsda das weiter?«

»An den Sachgebietsleiter denke ich mal. Aber ob der in so einem richtungweisenden Fall Entscheidungskompetenz hat, weiß ich nicht. Ist wohl eher eine Sache für die Bereichsleiterebene. Oder noch darüber«, meinte Marlene müde.

»Aber irgendjemand muss doch dann mal entscheiden. Wer trifft hier denn die ultimativen Entscheidungen?«

Marlene und Chantal sahen sich amüsiert an. »Woher sollen wir das wissen? Wir sind hier nur unbedeutende kleine Rädchen im System. Ich habe ja selbst den Sachgebietsleiter in all den Jahren nur einmal gesehen«, sagte Marlene.

»Ihr müsst doch wissen, wer hier der Boss ist. Sitzt Gott irgendwo an einem Schreibtisch und entscheidet nach Aktenlage, oder wie?«

Chantal lachte auf. »Wer ist nur auf die bescheuerte Idee gekommen, den Menschen diese Vorstellungen in den Kopf zu setzen?«, sagte er zu Marlene, der milde lächelte. »Im Jenseits gibt es ganz klare Strukturen, die unsere hochrangigen Führungskräfte vorgeben. Da braucht man sich als kleiner Referatsleiter nicht drum zu kümmern.«

»Also ihr wisst nicht mal, wer diesen ganzen Apparat hier leitet und wer die Entscheidungen trifft?«

Marlene und Chantal lächelten verständnislos. »Nein, wozu auch?«

Kai schnaufte resigniert. Diese Typen im Jenseits machten ihn noch wahnsinnig. Dagegen waren die Bürokraten der Hochschulverwaltung die reinsten Hasardeure.

»Also was tun wir jetzt?«, fragte er.

Chantal kratzte sich unbehaglich am Hals und Marlene guckte bekümmert. Keiner sagte etwas.

»Warten wir jetzt einfach darauf, dass sie mich abholen und als Restmüll wegwerfen?« Kai blickte zwischen den beiden hin und her.

Marlene strich sich verlegen über die lange Nase. »Ich sehe einfach keine halbwegs regelkonforme Lösung ...«

Kai stand auf und stemmte die Hände in die Hüften. »Dann lasst uns eine unrechtmäßige Lösung nehmen.«

Marlene sah ihn entsetzt an. »Das geht nicht.«

»Und warum nicht?«

»Weil ... es hier klare Vorschriften gibt ... also, wir können doch nicht einfach ...«

»Aber mich in den Müll werfen könnt ihr einfach, oder was?« Kai nahm seine trotzige Haltung ein.

Chantal stand ebenfalls auf und überlegte. »Nur mal theoretisch ... was ... könnten wir denn tun?«

»Chantal!«, stöhnte Marlene gequält.

»Ich meine ja nur theoretisch.«

»Bestechung«, sagte Kai. »Warum schmieren wir die Typen aus der Aufnahmestelle nicht einfach?«

Chantal verzog das Gesicht. »Womit willst du die bestechen?«

»Na, mit ...« Verdammt. Wie sollte man Typen bestechen, die weder Geld kannten noch irgendein Privatleben hatten? Nicht mal mit einer heißen Frau konnte man die verbiegen. Und ein neuer Kaffeebecher würde es wohl kaum tun.

Kai setzte sich wieder und dachte missmutig nach.

»Wir müssten dich irgendwie an der Aufnahmestelle vorbei in den üblichen Ablauf bekommen«, sagt Chantal und tippte mit einer Fußspitze auf den Boden.

»Wie läuft das denn, wenn die Aufnahme einen Sterbenden angenommen hat? Was passiert dann?«, fragte Kai.

Chantal zuckte mit den Schultern. »Ich habe dir ja schon gesagt, was ich gehört habe. Wie das alles genau geht, weiß ich nicht. Man müsste deren Dienstanweisungen kennen.«

»Und die kennen selbstverständlich nur deren eigenen Leute«, ergänzte Marlene, dem sichtlich unbehaglich war.

»Dann müssen wir uns diese Dienstanweisungen besorgen«, stellte Kai fest.

Chantal nickte nachdenklich.

»Aber wie wollen wir so ein Normenauskunftsgesuch begründen? Und ich bezweifle, dass wir da in absehbarer Zeit Erfolg hätten«, sagte Marlene betrübt.

»Vergiss den offiziellen Weg. Das müssen wir uns schon selbst besorgen«, sagte Kai ärgerlich.

»Genau. Vielleicht können wir denen eine Kopie ihrer Vorschriften abquatschen«, sagte Chantal und grinste zuversichtlich.

Marlene stöhnte. »Ich weiß nicht ...«

»Ich mach das schon«, sagte Chantal und öffnete die Bürotür. Er winkte Kai raus. »Wenn wir es clever anstellen, könnte es klappen. Ich geh gleich rüber zur Aufnahme.«

»Ich komme mit«, sagte Kai.

»Nein, warte hier. Das muss ich allein regeln.«

Kai verschränkte trotzig die Arme.

»Also gut, komm mit. Aber halt einfach die Klappe«, seufzte Chantal genervt.

VORSCHRIFTEN

Als sie durch das Eingangsportal des Gebäudetraktes kamen, ging Kai gleich rüber zum Wartebereich der Aufnahmestelle und zog eine Nummer.

»Was machst du da? Du kannst hier nicht einfach wahllos eine Nummer vor irgendeiner Tür ziehen«, sagte Chantal ärgerlich.

»Das hier ist die Aufnahmestelle.« Kai zeigte bestimmt auf die großen Schilder an der Tür.

»Aber wir müssen den vorgeschriebenen Weg gehen.«

»Ich gehe keinen Meter mehr. Du kannst ja meinetwegen noch ein bisschen rumlaufen«, erwiderte Kai und setzte sich auf die Wartebank.

»Du verdammter sturer Bock! Ich weiß schon, warum ich dich nicht mitnehmen wollte. Du versaust hier noch alles«, meckerte Chantal und ging die Treppe rauf. »Ich gehe den richtigen Weg.«

»Viel Spaß! Ich warte hier.«

Vor sich hin fluchend verschwand Chantal und als er später noch zweimal an Kai vorbeiging, würdigt er ihn keines Blickes. Gerade als Chantal angekommen war, erschien ihre Nummer auf dem Display.

»Du wartest hier. Die würden dich erkennen«, sagte Chantal und ging in die Aufnahmestelle.

Kai blieb also auf der Bank sitzen und wartete. Die indische Lotsin kam mit einem Sterbenden zweimal vorbei und setzte ihn beim dritten Mal auf die Bank.

»Laber nicht wieder meine Passage an«, sagte sie zu Kai und zog sich eine Nummer.

Der Sterbende war ein Mann mittleren Alters. Er hatte einen verschwitzten roten Kopf und machte ganz starre Augen. Er hatte nur Boxershorts an und, wie Kai erst jetzt bemerkte, eine beachtliche Erektion.

»Entschuldige. Ich weiß, es geht mich nichts an. Aber wo hast du den denn aufgesammelt?«

Die indische Lotsin sah ihn unfreundlich an. Aber dann antwortete sie doch. »In einem Bett, wo er gerade mit einem anderen Menschen rumgemacht hat.«

Wow, was für ein Tod. Mitten auf dem Feld der Ehre zu fallen war cool. Deutlich cooler jedenfalls, als sich als betrogener Mann von einer Brücke zu stürzen. Für Laura wäre es die gerechte Strafe, wenn ihr Lover plötzlich mittendrin mit Motorschaden liegen bliebe. Vor dem Orgasmus natürlich. Andererseits gönnte Kai dem Drittliga-Arsch so einen ruhmreichen Tod nicht.

Seine böse Gedankenkette wurde zerrissen, denn Chantal kam wieder aus der Aufnahmestelle. Er machte ein ärgerliches Gesicht.

»Verdammte Ordnerfresser!«, fluchte er und ließ sich auf die Bank fallen.

»Oh, hallo N.N.«, sagte er matt zu der Inderin.

Sie zog spöttisch eine Augenbraue hoch. »Na Chantal, haben wir mal wieder Ärger?«

Chantal winkte nur ab.

Die Nummer von N.N. leuchtete auf und sie führte ihren Sterbenden in die Aufnahme.

»Soll ich raten, was du erreicht hast?«, fragte Kai.

»Ach leck mich am Arsch. Ich habe es echt total geschickt eingefädelt. Hab denen was von einer Fortbildung erzählt, wo wir ein bisschen was über die hohe Kunst der Aufnahmeverwaltung gehört hätten. Und dass ich das total spannend fände und der Job bestimmt hammeraufregend wäre. Da gebe es bestimmt komplexe Vorschriften und die würde ich sowas von faszinierend finden. Mit dem ganzen Zaun habe ich gewunken. Und dieser fantasielose Verwaltungsbock hat das einfach nicht gecheckt. Ich hab's durch alle möglichen Hintertürchen versucht ... sinnlos.«

Sie saßen einige Minuten schweigend da.

»Wieso heißt die Lotsin denn N.N.?«

»Na, weil ihre erste Passage so hieß.«

»Aber das ist doch kein Menschenname.«

»Wenn ich das richtig in Erinnerung habe, hat sie so ein Neugeborenes aus einem dieser Krankenhäuser abgeholt. Und laut Exposé hieß das N.N.«

»Bah, wie fürchterlich.« Kai schauderte.

»Das kannst du laut sagen. Sie hat sich noch wochenlang geschüttelt, so ekelig war das in diesem Krankenhaus. Wer hat sich das bloß ausgedacht, so Nachwuchs zu bekommen. Hätte man doch auch über Katalogbestellung regeln können.«

Es war sinnlos, sich jetzt aufzuregen, dachte Kai. Warum musste er auch ständig bei allem nachfragen.

N.N. kam wieder aus der Aufnahme. »Na Jungs, worauf wartet ihr denn noch?«

»Ach, wir versuchen der Aufnahmestelle eine Kopie ihrer Dienstanweisungen abzuluchsen. Ist aber verdammt schwierig«, sagte Kai und lehnte den Kopf gegen die Wand.

»Das wird schon noch«, sagte Chantal schnell. »Wir müssen unsere Strategie noch mal überdenken. Vielleicht sollten wir Verstärkung holen und mit einem Ablenkungsmanöver arbeiten.«

Die Inderin sah die beiden spöttisch an und ging ohne zu Klopfen noch mal in die Aufnahmestelle zurück. Einige Minuten später kam sie wieder heraus und reichte ihnen einen Schnellhefter. »Bitte schön.«

Chantal und Kai machten keine sehr intelligenten Gesichter, als sie die Dienstanweisungen betrachteten.

»Wie hast du das denn angestellt?«, fragte Chantal verblüfft. In Kais Welt, wo N.N. eine attraktive schwarzhaarige dunkelhäutige Frau wäre, hätte er eine schlüpfrige Erklärung. Aber die kam hier nicht infrage.

»Ich habe einfach gefragt. Und weil er keine Anweisung finden konnte, dass es nicht erlaubt ist, hat er mir einen Ausdruck gegeben. Gegen Quittung versteht sich.«

Chantal blieb der Mund offenstehen und Kai war ebenfalls sprachlos.

»Jetzt habt ihr euch aber genug bedankt. Ich muss weiter«, sagte N.N. grinsend und marschierte davon.

Zurück im Lotsenbüro machten sich Kai und Chantal daran, die Dienstanweisungen zu studieren. Im Vergleich zu diesem verquasten Beamtenkauderwelsch lasen sich Kais Steuerbescheide fast wie Grundschulfibeln. Kein Satz, der nicht mindestens sieben Einschübe oder Nebensätze hatte. Keiner dieser Sprachmonstren endete unter 20 Zeilen. Kai gab es auf und sah angewidert zu Chantal.

Der las kopfnickend und schmunzelte sogar. »Respekt. Das haben die Jungs aber schön präzise aufgeschrieben. Da könnten sich unsere Führungskräfte mal eine Scheibe von abschneiden.«

Marlene kam in die Bürobox. »Na, wart ihr erfolgreich?« Optimistisch sah er immer noch nicht aus, das lag wahrscheinlich nicht in seinem Wesen.

»Ja, wir haben alles, was wir brauchen«, sagte Chantal. »Ist ganz einfach. Ein Datensatz in dem Fachprogramm der Aufnahme muss erstellt werden. Die Szenario-Wünsche des Sterbenden werden da auch eingetragen. Wenn der Referatsleiter sein Häkchen gesetzt hat, drucken sie dem Sterbenden ein Ticket aus. Mit dem Ticket wird der Sterbende dem Transportservice überstellt, der alles Weitere organisiert. Und schon ist man drin im Szenario.«

Chantals zufriedenes Lächeln verschwand, als er in Marlenes und Kais skeptische Gesichter guckte.

»Na, das ist ja ein Kinderspiel«, sagte Kai.

»Was willst du in meinem Kontor? Wieder Marlene was petzen?«, schnauzte Chantal plötzlich. Benno stand im Eingang der Bürobox.

»Marlene, ich brauch dringend eine Unterschrift von dir«, sagte Benno schleimig lächelnd und hielt ihm eine Akte hin.

»Einen Moment noch«, erwiderte Marlene unkonzentriert.

»Schön Platz machen und Männchen machen!«, sagte Chantal verächtlich, woraufhin Benno ihm einen feindseligen Blick zuwarf.

»Also, ich wüsste nicht, wie wir ohne die Aufnahmestelle einen Datensatz erstellen und das Ticket bekommen könnten«, seufzte Marlene.

»Uns fällt schon was ein«, sagte Chantal optimistisch. »Ich könnte aber deutlich besser nachdenken, wenn ich nicht ständig Angst vor einer weiteren Rüge haben müsste.«

»Schluss jetzt, Chantal.« Marlene ging mit Benno davon.

Chantal legte die Füße auf den Schreibtisch. »Und nun? Fällt dir was Schlaues ein?«

»Wir brauchen einen Plan«, sagte Kai und ging zu einem Whiteboard an der Wand. Er hatte sich schon immer besser gefühlt, wenn er einen klaren Plan hatte. Auch wenn er zugeben musste, dass er sich meistens dann nicht daran hielt.

»Erstens müssen wir einen Datensatz in dem Computerprogramm der Aufnahme erzeugen, bei dem die Freigabe des Referatsleiters erteilt ist. Und diesen gefälschten Datensatz dürfen sie frühestens bemerken, wenn ich schon im Szenario verschwunden bin.«

Er malte einen Pfeil und notierte das Stichwort. Chantal brummte zustimmend.

»Zweitens müssen wir eines dieser Tickets organisieren. Hast du schon mal eines gesehen?«

Chantal schüttelte den Kopf. »Keine Ahnung, wie die aussehen. In der Dienstanweisung steht nur, was in welchen Feldern einzutragen ist.«

»Egal, kümmern wir uns später drum.«

Kai legte den Stift weg und guckte noch mal aus einem Meter Entfernung auf die Pfeile und Stichworte.

Chantal nickte anerkennend. »Super Plan. Spitze. Mir fallen aus dem Stand mindestens ... fünf Gründe ein, warum es klappt.« Er bemühte sich um ein zuversichtliches Gesicht.

Kai seufzte und strich sich müde über das Gesicht. »Und tausend Gründe, warum es schiefgehen könnte. Ich weiß, aber wir müssen es versuchen.«

IT-ABTEILUNG

Die Lotsen im Jenseits waren im Kern nette Leute und hatten sicherlich ihre Talente. Optimismus gehörte jedoch nicht dazu, stellte Kai fest. Er saß nun schon mehrere Stunden mit Chantal, Marlene und Adolf zusammen, um eine Idee zu finden, wie sie ihn in das Computersystem der Jenseitsverwaltung hineinschmuggeln könnten. Aber außer Bemerkungen wie »Das kann nicht funktionieren ... unmöglich ... vergiss es ... gar nicht daran zu denken« kam nicht viel von Kais unfreiwilligen Schicksalsfreunden. Zwischenzeitlich hatten sich auch Elvis und N.N. dazugesellt und sogar Benno stand eine Weile schweigend dabei und schüttelte zu jedem Vorschlag den Kopf.

Aber Kai gab nicht auf. »Wir müssten nachts bei denen einbrechen und ...«

»Wir haben hier keine Nacht. Die Büros sind immer besetzt«, wandte N.N. ein.

Marlene litt sichtlich. »Einbrechen ... Leute, Leute«, stöhnte er.

»Wie wäre es, wenn wir uns aus einem Szenario einen Hacker ausleihen, der für uns das System knackt und manipuliert?«, fragte Kai. So würde man das in seiner Welt wahrscheinlich lösen. Jedenfalls in amerikanischen Spielfilmen.

»Geht nicht. Wir müssten die Ausleihe eines Toten umständlich beantragen, das ist nur in extremen Ausnahmefällen möglich. Dauert viel zu lange, bevor der

Antrag entschieden wird. Und wie sollten wir begründen, dass wir ausgerechnet einen Hacker brauchen?«, fragte Adolf mit vor der Brust verschränkten Armen.

Plötzlich sprang Chantal auf. »Ich hab's. Wir entführen einen von den Typen aus der Aufnahmestelle und schleusen stattdessen einen von uns ein. Und der setzt sich dann an den Rechner und gibt den Datensatz ein.«

Marlene stöhnte erneut auf. »Jetzt auch noch Entführung ...«

»Und wer von uns soll den Datensatz anlegen? Du kennst doch nicht mal das Passwort für das Programm. Und die Freigabe von der Referatsleiterin kriegst du auch nicht«, sagte Adolf kopfschüttelnd.

»Nein, nein, über die Aufnahmestelle erreichen wir nichts. Wir müssen das hintenrum angehen«, sagte Kai und ließ die Finger über Chantals Tastatur rasseln. Da kam ihm die Idee. »Na klar, einer von den Leuten, die eure Computer betreuen, muss den Job für uns erledigen!«

Alle sahen ihn skeptisch an.

»Erstens wissen wir nicht, wer das System von der Aufnahmestelle betreut. Und zweitens wird keiner von den Betreuern für uns sein eigenes System hacken«, meinte Adolf zweifelnd.

»Nicht freiwillig. Dann werden wir ihn eben irgendwie zwingen«, sagte Kai entschlossen.

Chantal lachte. »Und wie? Willst du ihm vielleicht drohen, ihn umzubringen?«

»Weiß ich noch nicht. Aber das ist unsere einzige Chance. Als erstes müssen wir herausfinden, wer das Fachprogramm der Aufnahmestelle betreut.«

»Wir wissen noch nicht mal, wo die überhaupt ihre Büros haben«, wandte Adolf ein.

»Was macht ihr denn, wenn ihr ein Problem mit euren Kisten habt?«, fragte Kai.

»Dann rufen wir im Helpdesk an. Und die kümmern sich darum. Manchmal kommt dann ein Techniker vorbei.«

»Sehr gut!«, rief Kai. Er nahm Chantals Bildschirm vom Tisch und ließ ihn zu Boden fallen, wo er einmal laut schepperte und knirschte.

»Hey, was soll das! Bist du irre?«, fauchte Chantal und schubste Kai weg.

»Nein. Aber ich würde mal sagen, dein Monitor funktioniert aus irgendeinem Grund nicht mehr. Ich an deiner Stelle würde jetzt den Helpdesk anrufen.«

»Vandalismus hat uns gerade noch gefehlt …«, ächzte Marlene und wischte sich mit einem Taschentuch über die Stirn.

Chantal sah Kai immer noch an, als hätte der gerade eine Abteilungsorgie vorgeschlagen.

Aber Adolf grinste inzwischen. »Okay. Ich bin dabei.«

»Sehr gut. Los Chantal, ruf endlich an. Deinem Monitor geht's nicht gut.« Kai hielt ihm den Telefonhörer hin.

Eine gute Stunde später folgten Adolf und Kai in unauffälligem Abstand einem langen Kerl mit blauem Poloshirt. Das war gar nicht so einfach, weil der Typ beim Gehen genauso lahmarschig war wie beim Begutachten von Chantals demolierten Bildschirm.

Auf Kais beiläufige Nachfrage hatte der Techniker nicht verraten wollen, wo die Büros der IT-Abteilung waren. »Das dürfen wir nicht verraten. Sonst stehen immer alle bei uns auf der Matte und wollen irgendwas«, hatte er gesagt.

Und so hatten Adolf und Kai sich einfach an seine Fersen geheftet.

»Kein Wunder, dass beim Support immer alles so lange dauert«, stöhnte Adolf leise, als sie dem vor sich hin schlurfenden Techniker etwas zu nahe gekommen waren. An einer Weggabelung im Park schien er erst überlegen zu müssen, welchen Weg er einschlagen sollte. Schließlich wandte er sich in Zeitlupe in die Richtung des höchsten Büroturms in dem Gebäudekomplex.

In der Eingangshalle des Turms drückte er den Knopf vom Aufzug.

»Verdammt. Was machen wir jetzt?«, fragte Adolf.

»Mit einsteigen können wir nicht. Wäre zu auffällig.«

»Wir gucken an der Anzeige, in welchen Stock er fährt.«

»Aber jedes der Stockwerke hat mehrere hundert Büros. Das finden wir nie.«

»Hast du eine bessere Idee?«, motzte Kai. Dieser ewige Pessimismus der Lotsen ging ihm fürchterlich auf die Nerven.

Laut Fahrstuhlanzeige fuhr der Techniker in den sechsten Stock. Also fuhren die beiden hinterher.

In der sechsten Etage konnte man vom Fahrstuhl aus in fünf verschiedene Gänge gehen. Kai und Adolf probierten den ersten, der in ein verwinkeltes Labyrinth von Fluren führte.

»Mist, so finden wir das nie«, sagte Kai.

»Warte mal, ich habe eine Idee«, sagte Adolf. Er sah auf das Türschild direkt hinter ihm, kramte einen Zettel und einen Stift aus seiner Hosentasche und kritzelte etwas.

Adolf klopfte an die Tür. Auf dem Schild stand »Religionsreferat - Fachliche Leitstelle Sonstige Religionen«.

In dem Büro saß eine Frau im Standard-Anzug, die zu ihren langen schwarzen Haaren eine riesige Buddy-Holly-Brille trug. Sie schaute missbilligend zu den beiden Eintretenden und sagte nichts.

»Entschuldigung. Ist das hier nicht der IT-Service?«, fragte Adolf.

»Nein. Religionsreferat. Steht doch auch an der Tür«, sagte die Frau mit einer rauchigen Bassstimme.

»Oh«, erwiderte Adolf betroffen. »Man hatte uns dieses Büro genannt, wenn wir ein Computerproblem quittieren wollen.«

»Falsch. Hier werden sonstige Religionen auf der Menschenwelt gesteuert«, sagte sie mit ihrer rauen Stimme, die zu Humphrey Bogart gepasst hätte, aber nicht zu dieser eher zierlichen Frau.

»Merkwürdig«, sagte Adolf und kratzte sich am Kopf. »Dann entschuldigen Sie die Störung. Können Sie uns sagen, wo wir den IT-Service finden?«

Die Humphrey-Bogart-Frau schüttelte den Kopf. »Nein. Ich wüsste nicht, dass die in dieser Etage sitzen.«

Kai sah auf dem Schreibtisch der Frau einen Ordner liegen, der mit »Projekt Turnschuhanbeter« beschriftet war.

»Ist das eine Religion? Habe ich noch nie was von gehört«, sagte er neugierig.

»Natürlich nicht. Ist ja auch noch im Betastadium. Wir haben erst drei Menschen die Ideen eingepflanzt.«

»Die beten Turnschuhe an?«, frage Kai belustigt.

»Ja nun, das hat unser Fachprogramm eben als Artefakt für diese neue Religion ausgespuckt.«

Kai nickte anerkennend. »Klingt spannend.«

Sie sagte nichts mehr und die beiden verließen das Büro.

»Werden alle Dinge auf der Welt wahllos von irgendwelchen Computerprogrammen festgelegt?«, fragte Kai Adolf auf dem Flur.

»Ja, viele Sachen.«

»Das Wetter wahrscheinlich auch?«

Adolf guckte ihn befremdet an. »Nee, das wird handgemacht. Weiß ich zufällig, weil ich mal einen von den Wettermachern im Park kennengelernt habe. Der erzählte, dass die einen riesigen Kontrollstand haben, wo sie mit Schiebereglern das Wetter steuern. Und je nachdem, wer gerade Schicht hat, fällt es eben aus.«

Wenn das die Leute aus dem Meteorologie-Fachbereich meiner Uni wüssten, dachte Kai.

Adolf versuchte seinen Trick mit dem falschen Büro noch dreimal erfolglos, bevor sie schließlich ein netter Herr aus dem Referat für Nationalismusfragen zumindest in die grobe Richtung der IT-Abteilungsbüros wies.

»Da wären wir«, sagte Adolf zufrieden, als die Türschilder andeuteten, dass sie jetzt bei der richtigen Abteilung waren. »Jetzt bleibt die Frage, wie wir den richtigen Mann für das Programm der Aufnahmestelle finden.«

Das war eine gute Frage, musste Kai eingestehen. Die IT-Abteilung bestand aus hunderten von Räumen in langen Fluren, die dummerweise nur mit kryptischen Bezeichnungen versehen waren. Doch da kam ihm eine Idee.

»Gibt es bei euch irgendwo Kuchen oder was Süßes zu kaufen?«, fragte er.

»Klar, kann man in der Cafeteria beantragen. Wieso?«

»Dann geh doch bitte mal hin und hole zwei oder drei Stücke Kuchen.«

»Ich dachte, wir wollten hier einen IT-Freak finden«, sagte Adolf. »Aber okay. Wenn du Kuchen essen willst …«

»Nun mach schon«, sagte Kai ungeduldig und Adolf ging.

Als er eine Viertelstunde später mit zwei Napfkuchen wiederkam, konnte ihre Mission weitergehen.

Diesmal klopfte Kai wahllos an eine Tür und trat ein.

Das Büro, in das sie kamen, war vollkommen verdreckt. Überall stapelten sich Sandwichtüten und Pizzakartons. An einem rümpeligen Schreibtisch mit vier Monitoren saß ein fetter junger Mann mit einem Vollbart. Unter seinem viel zu kurzen T-Shirt quoll ein gigantischer weißer Bauch hervor. Auf dem einen Monitor liefen Musikclips.

Der fette Typ grinste ihnen zu und nahm ein paar fettig glänzende Kopfhörer ab.

»Hallo«, grüßte Kai. »Wir suchen die Betreuer für das Fachprogramm der Aufnahmestelle.«

Der Fette verengte die Augen. »Dann ruft gefälligst das Helpdesk an. Hier hat keiner was zu suchen«, polterte er.

»Ja, ist klar. Wir wollen auch kein Problem wälzen. Wir wollten uns bei den Jungs einfach mal für den tollen Support bedanken. Klappt wirklich astrein«, sagte Kai und zeigte die beiden Napfkuchen.

Der Fette warf einen gierigen Blick auf die Kuchen.

»Wenn ich's mir recht überlege, bin ich für diese Anwendung zuständig. Welche war das noch mal?«, sagte er grinsend.

Kai zog die Napfkuchen weg. »Stopp. Ich gebe dir einen, wenn du mir sagst, wo ich die Leute finden kann.«

Der Fette überlegte und tippte dann mit seinen Wurstfingern auf der schmierigen Tastatur herum. »Raum 7.1009«, sagt er und nahm den Kuchen entgegen, den er gleich über seiner Tastatur zerbröselte.

»Ach so, im siebten Stock«, sagte Adolf.

»Nein im achten«, sagte der Dicke und schleckte sich die Finger.

Kai lag die Frage auf der Zunge, warum Raum 7.1009 im achten Stock lag. Aber er schluckte sie lieber wieder runter. Er lernte langsam dazu.

Es dauert eine ganze Weile, bis Adolf und Kai Raum 7.1009 gefunden hatten. Dass der Fahrstuhl bei der Fahrt vom sechsten in den achten Stock spürbar nach unten fuhr, brachte Kais Gehirn wieder durcheinander und ihm wurde ein wenig mulmig in der Magengegend.

»Also, wir wollen uns bei den Leuten für den tollen Service bedanken, den die Aufnahmestelle immer wieder kriegt. Verstanden?«, frage er Adolf, als sie endlich vor der besagten Tür standen.

»Und weiter?«

»Wenn wir uns ausreichend mit ihnen verbrüdert haben, jammern wir über einen Datensatz, den wir irgendwie nicht angelegt bekommen, bei dem das Programm immer abstürzt. Und ob sie uns da vielleicht außer der Reihe mal eben helfen können.«

»Das machen die doch nie«, sagte Adolf mürrisch. »Und selbst wenn, haben wir dann immer noch keine Freigabe des Datensatzes.«

»Wenn es nicht klappt, gehen wir wieder raus und dann kannst du eine von deinen vielen Ideen ausprobieren«, sagte Kai gereizt.

»Reg dich ab, Mann«, meinte Adolf schulterzuckend.

Kai klopfte an und trat beherzt in das Büro.

Drei Männer und eine Frau saßen in dem Raum und starrten missmutig auf ihre Bildschirme. Offensichtlich gab es bei den Computerexperten des Jenseits einen eigenen Dresscode, denn alle vier trugen die gleichen dunkelblauen Poloshirts wie der Techniker, dem sie gefolgt waren. Und alle vier hatten stonewashed Jeans in Karottenform an. Ein junger Typ hatte tatsächlich den Kragen seines Poloshirts hochgeschlagen und trug eine 1a-Popperfrisur. Die ganze Szene wirkte wie aus einem gruseligen 80er-Jahre-Film ausgeschnitten. Alle vier guckten Kai und Adolf unfreundlich an.

»Was gibt's?«, raunzte sie ein untersetzter Typ mit rotem Schnauzbart an.

»Sind Sie die Kollegen, die unser Fachprogramm in der Aufnahmestelle betreuen?«, fragte Kai vorsichtig.

Der Untersetzte stand auf und kam auf Kai zu. Die Karottenjeans betonte seine unförmige Figur auf tragische Weise.

»Und wenn dem so wäre?«, fragte er misstrauisch.

»Ach nichts weiter. Wir wollten euch nur mal einen Kuchen vorbeibringen. Als Dank für eure tolle Arbeit. Funktioniert echt super das Programm.« Kai setzte sein gewinnendstes Lächeln auf und hielt ihm den Kuchen hin.

Sekundenlang herrschte vollständiges Schweigen, so dass Kai etwas nervös wurde. Auch Adolf nestelte unruhig an seinem mit Nieten beschlagenen Armband.

»Wollt ihr uns verarschen?«, fragte der Untersetzte leise mit zu Schlitzen verengten Augen.

Kai lief der Schweiß die Schläfen herunter. »Äh nein. Wir wollten uns wie gesagt nur ...«

»... über uns lustig machen was?«, beendete der Untersetzte den Satz und nahm die Torte. Dann brüllte er los: »Wir wissen auch, dass das Scheißprogramm seit zehn Stunden nicht läuft! Und wir suchen ununterbrochen den Fehler! Da brauchen wir nicht auch noch von euch irgendwelche Frechheiten! Raus hier! Rrrraus!«

Bevor Kai irgendetwas sagen konnte oder sich auch nur umdrehen konnte, sauste der Napfkuchen durch die Luft und landete schmatzend mitten in seinem Gesicht. Adolf zog ihn mit einem Ruck aus der Tür, wobei Kais Kopf übel gegen den Türpfosten knallte.

»Ich werde eurem Abteilungsleiter eine Meldung machen!«, schrie der Untersetzte ihnen hinterher, als sie den Flur entlang hasteten und sich um die nächste Ecke in Sicherheit brachten.

In einer Toilette auf dem nächsten Flur wusch Kai sich die Kuchenschmiererei aus dem Gesicht und versuchte, sein Hemd notdürftig zu reinigen. Adolf stand betreten neben ihm und kämpfte ganz offensichtlich mit einem Lachanfall.

Kai hätte vor Ärger platzen können, als er seine mit Teig verschmierte Visage im Spiegel ansah.

»Müsst ihr euch eigentlich nie waschen?«, fragte er scharf.

Adolf schüttelte heftig den Kopf und würgte ein Lachen herunter. »Nein, ist nicht vorgesehen«, presste er mühsam hervor.

»Schöner Mist«, fluchte Kai, als er sich den riesigen Fettfleck auf seinem Hemd besah. »Kann ich irgendwo andere Klamotten herbekommen?«

Adolf kratzte sich am Kopf. »Nicht, dass ich wüsste.«

»Aber wo kriegt ihr denn eure Klamotten her?«

»Die haben wir an, wenn wir hier ankommen.«

»Aber die müsst ihr doch auch mal wechseln.«

»Warum?«, fragte Adolf belustigt.

»Weil ihr sonst doch stinken müsst wie die Schweine.«

Adolf schnupperte an seinem Shirt und zuckte verständnislos mit den Schultern.

»Aber wer kleidet euch denn ein?«

»Die Ausrüstungsabteilung. Aber nach deren Kriterien darfst du mich nicht fragen. Schätze mal, dass sie einfach einen Vorrat haben, in den sie reingreifen, wenn keiner etwas Bestimmtes bestellt.«

Kai nahm sich wieder einmal vor, es endlich aufzugeben, für irgendetwas in diesem bekloppten Jenseits eine vernünftige Begründung zu erwarten. Als Mensch konnte man hier nur verrückt werden.

USCHI

Erwartungsgemäß fand Chantal an ihrem Bericht vor allem den Kuchentreffer interessant und schlug sich lachend auf die Knie. Auch Adolf und N.N. hatten ihren Spaß, während Kai mühsam die Contenance bewahrte.

»Wie geht es jetzt weiter?«, fragte er schneidend in die allgemeine Heiterkeit. Sofort hörten alle auf zu lachen und taten so, als ob sie schwer nachdachten.

»Also müssen wir jetzt Plan B aus der Tasche ziehen«, sagte Adolf und alle mussten schon wieder gegen das Lachen kämpfen.

»Warum habt ihr nicht einfach N.N.'s Masche versucht und direkt gefragt, ob er für euch Daten fälschen kann«, prustete Chantal. Dann stand er auf und streckte sich. »Ich sehe mich noch mal ein bisschen bei der IT-Abteilung um. Wo war das noch mal? 7.1009?«

In diesem Moment kam Marlene um die Ecke, in Begleitung von ... Cary Grant. Wenn Kai nicht gewusst hätte, dass das nicht Cary Grant sein konnte, hätte er seinen Hintern darauf verwettet, dass es Cary Grant war. Dieses markante Gesicht und der Einheitsanzug, der bei ihm perfekt saß.

»Hallo Leute«, sagte Cary Grant und nickte freundlich in die Runde. Ohne Umschweife machte er einen Schritt auf Kai zu und gab ihm einen ungemein lässigen Händedruck. »Ah, Sie sind bestimmt unser 'Problembär', wenn ich das mal so nennen darf. Marlene hat mir Ihren Fall geschildert.«

Dass Cary Grant die deutsche Synchronstimme von Sean Connery hatte, irritierte Kai zwar leicht, aber er war beeindruckt. Wenn Laura das hätte sehen können. Was hatte sie immer geschmachtet, wenn Filme mit Cary Grant im Fernsehen kamen.

»Hallo, ich bin Kai.«

»Uschi.«

Kai entglitten trotz aller Anstrengung die Gesichtszüge. Aber wenn man plötzlich erfuhr, dass Cary Grant in Wirklichkeit Uschi heißt, war das irgendwie menschlich.

Cary Grant, nein Uschi, schaute Kai freundlich irritiert an. »Alles okay mit Ihnen?«

»Ja ... ja, alles okay«, stammelte Kai.

»Uschi ist ein alter Bekannter von mir. Er ist Revisor und kennt sich in der gesamten Verwaltung bestens aus«, erklärte Marlene sichtlich erleichtert. »Ich habe ihn um Rat in deiner Angelegenheit gefragt und er hat ...«

Cary ... Uschi blickte Marlene nachsichtig vorwurfsvoll an. »Nicht so schnell, Marlene. Bislang habe ich mir den Fall nur angehört. Und ich habe laut überlegt, ob es sinnvoll ist, mal mit der Abteilungsleiterin der Aufnahmestelle zu reden.«

»Ja, sicher, sicher«, beeilte sich Marlene zu sagen.

»Klären wir erstmal die Geschäftsgrundlage: Ich kann ein wohlwollendes Wort einlegen, mehr nicht. Für krumme Dinger bin ich nicht zu haben, wie allgemein bekannt sein dürfte.« Er schaute dabei vor allem Chantal an, der wie alle anderen ein Gesicht machte, als wäre das die abwegigste Idee aller Zeiten.

Die Art und Weise, wie Uschi eine Hand in die Hosentasche stecken konnte, ohne dass sein tadelloses Sakko hässliche Falten warf, nötigte Kai Neid und Anerkennung ab.

»Ich habe noch zwei Stationen abzuklappern, dann komme ich bei der Aufnahmestelle vorbei.« Mit einer coolen Handbewegung zeigte Uschi auf Kai. »Ich würde vorschlagen, dass Sie mich ein wenig begleiten. Dann können wir noch ein wenig über ihren Fall plaudern.«

Wer konnte schon nein dazu sagen, wenn Cary Grant einem einen Spaziergang anbot - auch wenn er Uschi hieß.

Draußen auf dem Flur versuchte Kai unweigerlich genauso lässig zu schlendern wie Uschi. Es sah wahrscheinlich albern aus, aber er konnte nichts dagegen machen.

»Darf ich Sie was fragen?«

»Nur zu«, erwiderte Uschi.

»Die Lotsen bekommen ihre Namen ja nach den Fällen, die sie zuerst bearbeitet haben. Wonach werden die anderen benannt? Warum heißen Sie gerade Uschi?«

Uschi zwinkerte verschmitzt. »Dafür gibt es ein ziemlich komplexes Computerprogramm, das die Namen verteilt. Wenn jemand das erste Mal an seinen Schreibtisch kommt, findet er eine Notiz, wie sein Name ist, mit seinem Benutzernamen und Kennwort und so. Aber fragen Sie mich nicht, wie das Programm funktioniert. Mich interessiert nur, dass es funktioniert.«

Kai schwieg. Aber nach einer Weile konnte er die Frage einfach nicht mehr zurückhalten:

»Hat Ihnen eigentlich schon mal jemand gesagt, dass Sie ...«

»... wie der Menschen-Schauspieler Cary Grant aussehen?«, beendete Uschi den Satz. »Ist reiner Zufall.

Oder glauben Sie etwa, dass ich als Revisor darauf Einfluss genommen hätte, wie ich aussehe?«

»Nein, natürlich nicht. Völlig undenkbar!«

Uschi schaute Kai abschätzend von der Seite an und war dann offenbar zufrieden.

Kai kratzte sich am Kopf. »Dieses ganze Jenseits ist für einen Menschen ziemlich verwirrend. Ich weiß gar nicht mehr, was ich denken soll.«

»Verständlich. Deshalb achten wir in der Regel ja auch darauf, dass wir keinen menschlichen Besuch bekommen«, lächelte Uschi. »Ein Blick hinter die Kulissen muss nicht immer hilfreich sein.«

»Allerdings ... man hat ja keine rechte Vorstellung, ob und wie es konkret nach dem Tod weitergeht, aber sowas wie hier hätte ich mir nie vorstellen können. So eine gigantisch große Verwaltung nur fürs Sterben.«

Uschi blieb stehen und hob den Zeigefinger. »Oh nein, da sind Sie aber auf dem falschen Dampfer. Sterben ist im Jenseits nur ein kleiner Teilaspekt. Auch wenn Sie und die Lotsen das Sterben vermutlich für einen ganz zentralen Punkt des Jenseits halten, ist es ehrlich gesagt nicht mehr als eine kleine Aufgabe unter vielen mindestens ebenso wichtigen Angelegenheiten.

Hier im Jenseits wird die gesamte menschliche Welt gesteuert. Alles, was auf Ihrer Erde passiert, wird hier im Jenseits vorbereitet, abgewickelt und dokumentiert. Nehmen Sie Klima, Evolution, Bevölkerungsentwicklung, Bildung, Krankheiten, Naturphänomene - alles basiert auf solidem Verwaltungshandeln in unserer Organisation.«

Kai schüttelte ungläubig den Kopf. »Das kann ich einfach nicht glauben. Bei uns beschäftigen sich Millionen von Wissenschaftlern mit der Erforschung von Mechanismen und Regeln in der Natur und bei den Menschen ...«

»... und sind doch selbst nur strukturiert gelenkte Objekte«, ergänzte Uschi. »Auch die Theorien und Ideen, die Ihre Wissenschaftler entdecken, werden hier geplant und bearbeitet. Ich war zum Beispiel zufällig mal dabei, als die entsprechende Abteilung die Idee des Verbrennungsmotors in die Menschenwelt einführte. Das haben die als eher nebensächlich bewertet und es hunderte Jahre liegen lassen. Was auf der Menschenwelt daraus geworden ist, wissen Sie ja selbst.«

Kai schüttelte immer noch ungläubig den Kopf. Uschi lächelte ihn nachsichtig an. »Auf meinem Rundgang kann ich Ihnen ein paar Beispiele zeigen, dann verstehen Sie es vielleicht besser.«

Kai seufzte. »Aber wieso heißt das alles hier denn Jenseits? Das hört sich definitiv nach Sterben und dem 'Danach' an.«

»Eine gute Frage. Das hat sich einfach so eingebürgert und man hat es dann irgendwann übernommen. Ursprünglich sollte die ganze Organisation nach einem großen Modernisierungsprojekt jetzt DETLEV heißen.«

»Detlev?«

»Das steht für 'Digitale Einheitliche Transaktions-, Leistungs- und Ereignisverwaltung'. Hat sich aber nicht durchgesetzt und es blieb bei der zugegebenermaßen etwas irreführenden Bezeichnung 'Jenseits'.«

»Klingt auf jeden Fall eingängiger.«

»Obwohl der digitale Aspekt durchaus betont werden sollte. Schließlich geht in der Verwaltung ohne Computer schon lange nichts mehr. Alle unsere Abteilungen sind inzwischen darauf angewiesen, dass der Zentralrechner funktioniert. Wenn es da zu Störungen kommt, hat das ziemlich fatale Auswirkungen.«

Kai nickte. Er kannte das aus der Uni nur zu gut, wenn mal wieder tagelang alles lahmgelegt war, weil die Server nicht liefen.

»Entsprechend großen Wert legt man bei uns auch auf die Wartung der Rechner. In das Rechenzentrum darf niemand hinein, außer einer kleinen Gruppe handverlesener Experten. Ich persönlich weiß noch nicht einmal genau, wo sich das Rechenzentrum überhaupt befindet«, gab Uschi lächelnd zu.

Kai hielt Uschi eine Glastür auf dem Flur auf. »Ich habe schon gemerkt, dass hier niemand so richtig Interesse an übergeordneten Dingen hat. Wissen Sie, wer hier die ultimative Macht hat?«

Uschi lachte auf. »Hmm, für mich ist das eher eine philosophische Frage. Eine Verwaltung ist so gut wie die kleinen Zahnrädchen, die in ihr arbeiten. Zahnrädchen sollen sich drehen, nichts weiter. Man hat seinen Vorgesetzten, seine Vorschriften und seine Untergebenen, mehr braucht man nicht zum Funktionieren. Ob da einer ganz weit oben in der Hierarchie sitzt und wer das ist ... was bringt einem dieses Wissen für die eigene Arbeit?«

»Na ja, man will doch den Dingen mal auf den Grund gehen, ein System verstehen. Also wissen Sie, wer der Chef von's Ganze ist?«

Uschi überlegte sichtlich amüsiert, dann blieb er stehen und tippte Kai an die Brust. »Vergessen Sie nicht, dass Sie es im Jenseits nicht mit Menschen zu tun haben. Die wollen sowas nicht wissen. Das hier sind alle sehr intelligente und fachlich meist richtig gute Leute. Die denken viel, sind aber emotional deutlich einfacher gestrickt als die Menschen, die sie verwalten. An euch Menschen werkeln hier seit Jahrtausenden ganz viele Fachabteilungen herum. Da ist es kein Wunder, dass ihr recht ... komplex bis kompliziert geworden seid. Bei den Mitarbeitern des Jenseits haben sich im Laufe der Zeit bestimmte menschliche Verhaltensweisen eingeschlichen und bei der Produktion der Mitarbeiter bedient man sich auch bei Mustern, die in der Menschenwelt Anwendung finden, aber im Kern sind unsere Leute eben keine Menschen.«

Er schaute in Kais ratloses Gesicht. »Auch ich kenne im Wesentlichen nur die Leute, die für meine Aufgabe wichtig sind. Und das hört nach oben bei meinem Bereichsleiter auf.«

Sie gingen weiter durch die endlosen Flure und Treppenhäuser.

»Was macht ein Revisor denn eigentlich genau?«, fragte Kai, um das Schweigen zu durchbrechen.

Uschi lächelte smart. »Ich überprüfe, ob sich hier auch alle an die Regeln halten. Schneie mal hier herein, tauche mal da auf und prüfe die Ordnungsmäßigkeit des Verwaltungshandelns.«

Kai nickte grinsend. »Dann sind Sie in dem System ja ganz schön wichtig.«

»Ach, wie man es nimmt«, sagte er mit einer Geringschätzung, die keinen Zweifel daran ließ, dass er sich in seiner Position gefiel.

»Warum können Sie der Aufnahmestelle nicht einfach befehlen, mich aufzunehmen? Wäre doch das Einfachste.«

Uschi tat so, als wäge er den Gedanken ab. »Sie überschätzen meinen Einfluss. Ich habe hier eine klar definierte Rolle. Wenn ich als Revisor ernst genommen werden will, muss ich jederzeit ein absolutes Vorbild an Gesetzestreue sein. Es gibt allenfalls Interpretationsspielräume, auf die ich hinweisen kann.«

Sie schwiegen eine Weile, dann verlangsamte Uschi seinen Gang.

»Als Revisor hat man einen ganz guten Überblick über das bunte Treiben hier und auch in der Menschenwelt. Allerdings hat man trotzdem gewisse Lücken, da wir Revisoren natürlich Zuständigkeiten haben.« Er machte eine Pause. »Es gibt bei den Menschen zum Beispiel eine Sache, die ich ... wie soll ich sagen ... interessant finde, für deren Kontrolle ich aber nicht zuständig bin. Und der zuständige Kollege ist ... wenig gesprächig.« Er lächelte Kai markant an, so als wüsste der, wovon er sprach.

»Was meinen Sie?«

Uschi wand sich eine Weile. »Na ja, keine große Sache. Aber das was ... Männer und Frauen da so ... machen. Also das finde ich ganz ...«

Meinte Uschi etwa das, was Kai gerade im Kopf hatte? Wieso interessierte sich ein beziehungsloses Wesen plötzlich für so etwas?

Uschi räusperte sich ein wenig verlegen. »Wie nennt man das doch gleich? ... Kopulieren, nicht wahr?«

»Ich dachte, mit sowas können Sie im Jenseits nichts anfangen?«

»Ja, das stimmt. Ich frage mich auch nur, ob das vielleicht auch etwas für uns sein könnte. Man muss ja offen für neue Ideen sein«, sagte Uschi. »Ich habe mir das bei den Menschen schon etliche Male angesehen und finde das durchaus spannend.«

Na super. Wahrscheinlich hatte Cary/Uschi Grant Laura und ihm auch schon zugesehen, dachte Kai. Oder Laura und dem ... Er verwarf den Gedanken schnell wieder.

Uschi war stehengeblieben und klopfte Kai freundschaftlich auf die Schulter. »Erzählen Sie mir doch mal, wie das so ist. Als Mensch kennen Sie sich doch bestens aus.«

Kai lächelte ein klein wenig zu übertrieben, aber bei dem Thema war er schon immer ein wenig verklemmt. »Da ... gibt es nicht viel zu erzählen. Man findet sich halt ... attraktiv und dann ... macht man es einfach.«

Uschi machte ein höchst gespanntes Gesicht. »Davon müssen Sie mir nachher mehr erzählen«, sagte er. Dann steuerte er auf eine Bürotür zu, klopft kurz an und trat sofort ein.

Zwei junge Männer und eine Frau drehten erschrocken die Köpfe zur Tür und erstarrten, als sie Uschi sahen.

Am Ende des großen Raums stand ein beleuchteter Globus, der sich schnell um seine Achse drehte. Ein junger Mann hatte die Füße auf den Schreibtisch gelegt und warf gerade einen roten Dartpfeil in Richtung des Globus. Die Frau stand an einer Markierung mitten im Raum und hielt ein ganzes Bündel mit bunten Pfeilen hoch, die sie offenbar gerade auf die Weltkugel hatte abfeuern wollen. Ein älterer Mann saß auf der Fensterbank.

»Guten Tag allerseits«, sagte Uschi und schaute markant lächelnd von einem zum nächsten. »Lassen Sie sich nicht bei der Arbeit stören.« Er setzte sich, eine Hand in der Hosentasche, lässig auf eine Schreibtischkante.

Die drei schauten sich betreten an. Die Frau ließ das Bündel mit Pfeilen sinken und der junge Mann versuchte, dezent die Füße vom Tisch zu nehmen.

»Wenn ich mich recht erinnere, ist Ihr Job in Ihrer Dienstanweisung ein klein wenig anders beschrieben«, sagte Uschi ohne das gewinnende Lächeln abzulegen. »Vielleicht können Sie unserem jungen Praktikanten hier mal erläutern, wie der Arbeitsablauf korrekt auszusehen hat?«

Er zeigte aufmunternd auf Kai.

Zögernd begann der junge Mann zu erzählen, dass sie die Pfeile in klar definierten Reihenfolgen und Abständen von der Markierung auf den Globus werfen sollten.

»Sehr schön«, lobte Uschi generös. »Aber fehlt da nicht noch eine Kleinigkeit«?«, fragte er freundlich die junge Frau, die verschämt ihr Pfeilbündel auf den Tisch gelegt hatte.

»Der Wurf ist mit verbundenen Augen auszuführen«, sagte sie leise.

»Sehr gut«, sagte Uschi. »Und wo ist Ihre Augenbinde?«

Die drei fingen hektisch an, in ihren Schreibtischen zu wühlen und legten schließlich drei Sichtschutzbrillen auf ihre Tische.

Uschi lächelte immer noch, als wollte er die drei spontan zu einem Drink einladen.

»Was passiert, wenn die Pfeile getroffen haben?«, fragte Kai zögerlich.

Uschi zeigte mit seiner lässigen Handbewegung auf den älteren Mann. »Unser junger Freund hier möchte wissen, was Sie tun. Das können Sie ihm doch bestimmt fachgerecht erklären, nicht wahr?«

»Na klar«, murmelte der Mann und traute sich kaum, aufzusehen. »Also, die Pfeile treffen ein zufälliges Land auf der Menschenwelt. Aus diesem Land ermittelt unser Computer dann zufällig einen Menschen, dessen Bewusstsein etwas verändert wird.«

Kai verstand nur Bahnhof. »Und was haben die Farben zu bedeuten?«

Uschi zeigte lächelnd auf die junge Frau. Sie stand mit artig gefalteten Händen vor ihrem Schreibtisch. »Bei Rot halten sich die behandelten Subjekte künftig für ein Genie, bei grün für geborene Anführer, bei blau akzeptieren sie keine Gesetze mehr und bei gelb wollen die Behandelten nur noch anderen helfen.«

Uschi klatschte lächelnd Beifall. »Und warum ist es so wichtig, dass diese Dinge einigermaßen gleichmäßig verteilt werden?«, fragte er wie ein Lehrer bei der Prüfung.

Der junge Mann räusperte sich verlegen. »Damit das Gleichgewicht der Menschenwelt in Ordnung bleibt.«

Kai versuchte, das Gehörte zu verstehen. »Moment. Heißt das, Sie züchten hier neue Saddam Husseins, Albert Einsteins, Al Capones und Mutter Theresas heran?«

»Nein«, winkte Uschi amüsiert ab. »Hier werden nur ein paar Veranlagungen gestreut. Was daraus wird, hängt noch von einer ganzen Reihe anderer Faktoren und natürlich dem Zufallsgenerator ab.«

Bevor Kai noch etwas fragen konnte, stieß sich Uschi lässig von der Tischkante ab und zog aus seiner Sakkotasche einen kleinen Notizblock. Er fragte die drei Übeltäter nach Namen und Laufzeichen und machte einige

Notizen. Dann lächelte er wieder freundlich in die Runde. »Danke, das war es dann auch schon. Der Bericht geht dann an die übergeordnete Stelle und eine Kopie natürlich an Ihren Referatsleiter. Einen schönen Tag noch.«

KOPULIEREN

»Junge, Junge. Da geht ein paar Leuten jetzt aber ganz schön die Düse«, sagte Kai, als sie wieder auf dem Flur unterwegs waren.

»Tja, die werden sicherlich ein paar anstrengende Gespräche mit ihren Referats- und Abteilungsleitern haben. Aber so ist eben mein Job. Man muss immer auch auf die Disziplin achten.«

»An wen melden Sie solche Sachen denn eigentlich?«, fragte Kai.

»Nach oben«, sagte Uschi schnell.

»Und wer sitzt ganz oben?«

Uschi lachte überheblich. »Das kann ich Ihnen leider nicht verraten. Dienstgeheimnis.«

»Schade.«

Uschi blieb stehen und sah Kai verschwörerisch an. »Also gut. Unter zwei Bedingungen verrate ich Ihnen ein Geheimnis. Erstens dürfen Sie es niemandem hier weitererzählen. Sonst verklappe ich Sie höchstpersönlich ins Universum.«

»Versprochen.«

»Zweitens ...« Uschi sah sich um, ob ihnen niemand zuhörte. »Zweitens müssen Sie mir dieses Kopulieren noch näher beschreiben. Abgemacht?«

Meine Güte, musste der einen Notstand haben, dachte Kai. Aber er sagte: »Abgemacht.«

Uschi ging weiter. »Um ehrlich zu sein, schicke ich meine Berichte gar nicht nach oben, sondern immer nur die Kopien nach unten an die zuständigen Sachgebiets-leiter.«

»Aber wieso nicht nach oben?«

Uschi lachte versonnen. »Ist nicht vorgesehen und auch nicht notwendig.«

»Was? Das heißt, Sie arbeiten einfach so vor sich hin für die Mülltonne?«

»Nein, so kann man das nicht sagen. Wir Revisoren achten auf die Disziplin und sorgen dafür, dass der Laden weiterläuft. Allein die Vorstellung, dass wir Revisoren nach oben berichten, reicht für die Sachgebietsleiter aus, jeden Missstand sofort zu beseitigen. Hauptsache, sie bekommen von ihren Vorgesetzten keinen auf den Deckel.

Insofern haben wir eine wichtige Funktion. Stellen Sie sich nur vor, was passieren würde, wenn wir die Dinge einfach laufen ließen. Was dann mit der Menschenwelt passieren würde.«

Kai versuchte sich das vorzustellen.

»The Show must go on«, sagte Uschi und zwinkerte Kai zu. »Sie dürfen das niemandem erzählen: Aber es gibt hier eine Menge Leute, deren Arbeit keine ... so große Bedeutung hat. Aber wir können ihnen ja auch nicht ihre Aufgabe einfach wegnehmen. Die hängen an ihren Vorgängen und der Personalrat würde uns die Hölle heiß machen.« Er machte eine Pause. »Um es genau zu nehmen, wären auch die Lotsen im Grunde genommen entbehrlich.«

»Aber ohne die Lotsen würden wir Sterbenden doch nie ins Jenseits finden.«

Uschi wog skeptisch den Kopf. »Das ist jedenfalls der Standpunkt der Lotsen.«

Kai sah Uschi prüfend an. »Also haben diese Zwischenstation und die ganzen Schalter in dem Tunnelsystem gar keine Bedeutung und man kommt immer im Jenseits an?«

Uschi setzte sein freundliches Cary-Grant-Lächeln auf. »Das ist jetzt Ihre Interpretation.« Er machte eine Pause. »Die Zwischenstation gibt es schon so lange, dass sie hier allgemein für unverzichtbar angesehen wird. Dabei ist ihr herausstechender Effekt der, dass sie unverhältnismäßig hohen Aufwand verursacht. Denken Sie nur daran, wie viele Leute mit dem permanenten Umzug des Visaschalters beschäftigt sind, weil da irgendwelche Abteilungen seit Ewigkeiten um Kompetenzen rangeln. Meine Kollegen und ich haben schon oft darauf hingewiesen, dass die Zwischenstation mehr als fraglich ist. Man könnte mit einer schlichteren moderneren Lösung die Kosten erheblich reduzieren. Aber da haben die Traditionalisten in der Führungsetage wohl noch zu starken Einfluss.«

Kai war sprachlos und seine Lotsen-Freunde taten ihm ganz schön leid.

»Aber nun erzählen Sie doch mal ...«, setzte Uschi mit seinem markanten Lächeln an. »Wie geht dieses ... na

Sie wissen schon ... vor sich?«

»Wie ich schon sagte, da gibt es nicht viel zu erzählen«, erwiderte Kai matt. Er musste immer noch an Chantal und die anderen denken.

Uschi lachte und knuffte ihn in die Seite. »Nun zieren Sie sich doch nicht so. Ist doch nichts dabei, oder? Wie geht das vor sich? Ich habe gesehen, dass da bei den Männern manchmal gewaltige Dinger wachsen ...«

Kai konnte nicht verhindern, dass er rot wurde. »Ja, da wird viel Blut in Schwellkörper gepumpt und dann hat man halt ... eine Erektion«, wand er sich.

»Interessant. Und das passiert einfach so? Oder legt man da einen Schalter um?«, fragte Uschi lebhaft.

»Nein, das passiert, wenn man die Frau erregend findet.«

»Erregend? So, als wenn man wütend ist?«

»Nein, das ist was Anderes ... ich kann das nicht erklären...«

»Ich habe gesehen, dass die Männer dann diese ... Erektion der Frau ...«

»Genau, so geht es. Dann hat man einen Orgasmus und alle sind glücklich und zufrieden«, beendete Kai das schlüpfrige Thema schnell.

Uschi schüttelte fasziniert den Kopf. »Ich glaube fast, dass wir hier im Jenseits etwas verpassen.«

Er stieß eine Zwischentür auf.

„Da wären wir«, sagte er und deutete auf eine Bürotür, aus der gedämpft merkwürdige Töne klangen.

„Hallo allerseits«, grüßte Uschi routiniert, als er in das Büro eintrat. Er wurde allerdings nicht bemerkt, denn die Leute in diesem Büro saßen in einem Stuhlkreis in der Mitte und lauschten mit geschlossenen Augen der schrägen Musik, die aus großen Lautsprechern an der Wand kam. Dabei machten sie gelegentlich Zeichen auf Notizblöcken auf ihren Knien.

Uschi nickte zufrieden und setzte sich auf ein Sideboard neben der Tür. Nach kurzer Zeit bemerkte ihn eine Frau mit einer unglaublich zu Berge stehenden grauen Haarmähne. Sie stoppte mit einer Fernbedienung die Musik.

„Guten Tag, mein Liiiieber«, rief sie mit einer Sirenenstimme und reichte Uschi aus einiger Entfernung affektiert die Hand. „Das ist ja sooooo toll, dass Sie mal wieder vorbei schauen«, kreischte sie mit einer Begeisterung, als wäre wirklich gerade Cary Grant bei ihr auf einen Kaffee vorbeigekommen.

„Hallo Kuwanyauma. Ich sehe schon, bei euch läuft wieder alles bestens?«, fragte Uschi mit seinem typischen Lächeln.

„Total suuuuuper! Sie müssen sich unbedingt etwas anhören. Wir haben gerade etwas vöööööllig neues für Westeuropa fertiggestellt. Muss noch durch die Qualitätssicherung, aber dann können wir es baaaald ausrollen.« Sie tippelte zu ihrem Platz zurück, was in dem grauen Standard-Anzug ziemlich befremdlich aussah.

„Kuwanyauma und ihr Team sind dafür zuständig, den Musikgeschmack in der Menschenwelt zu steuern«, erklärt Uschi beiläufig. Wieder zerplatzte eine schöne Illusion in Kai. Auf seinen unabhängigen Musikgeschmack hatte er sich immer viel eingebildet. Besonders deshalb, weil ihm Laura mit ihrem flachen Mainstream-Gedudel so auf die Nerven gegangen war.

„Interessant«, sagte Kai müde und dann hatte Kuwanyauma auch schon den Startknopf gedrückt und strahlte die beiden erwartungsvoll an. Aus den Lautsprechern kam Musik, deren aberwitzig schneller Rhythmus von einem außer Kontrolle geratenen Herzschrittmacher erzeugt worden sein musste. Und die meist wirr aneinander geklatschten Tonfolgen traten nach Kais Empfinden jede Harmonielehre mit Füßen, dass es regelrecht schmerzte.

Nach einigen Minuten war die Folter zum Glück vorüber und Kuwanyauma nickte ihnen zufrieden zu.

„Und … das wollen Sie in Westeuropa anbieten?«, fragte Kai und rang sich ein anerkennendes Lächeln ab.

„Genau!«, kreischte sie. „Das wird diiiiie Art von Musik sein, die bald von Westeuropa aus die ganze Menschenwelt erobern wird.«

In diesem Moment war Kai doch ganz froh, dass er das nicht mehr miterleben musste. Sterben konnte halt manchmal doch eine Erlösung sein.

„Sehr schön«, log er.

„Nicht wahr. Ich bin tooooootal begeistert. Wissen Sie, manchmal funkt uns der blöde Zufallsgenerator ja ziemlich unschön dazwischen, aber diesmal hat er suuuuuuper Beiträge geleistet.«

Zu Uschi gewandt kreischte Kuwanyauma: „Sie wollen doch bestimmt aaaaalle unsere Protokolle sichten, nicht wahr?« Sie tippelte zu einem Regal mit akkurat beschrifteten Ordnern.

„Nein, lassen Sie nur«, wehrte Uschi markant lächelnd ab. „Auf Ihre Ordnung können wir uns doch immer bestens verlassen.«

Kuwanyauma stemmt die Hände in die Hüften. „Sie sollten nicht soooo vertrauensselig sein, Sie Schmeichler.«

Uschi erhob sich von dem Sideboard, grüßte lässig mit zwei Fingern an der Schläfe und verließ das Büro.

„Von solchen Abteilungen gibt es zum Glück auch einige«, sagte er schmunzelnd. „Die nehmen ihre Arbeit sehr ernst. Mit denen hat man nie Scherereien.«

„Sagen Sie, was hat das immer mit diesen Zufallsgeneratoren auf sich, von denen alle reden?«

„Es ist nur ein Zufallsgenerator, der alle Fachbereiche mit spezifischen Zufallsdaten beliefert.« Uschi bemerkte Kais verständnisloses Gesicht und lächelte nachsichtig.

„Also schön, ich erkläre es Ihnen. Die meisten Zusammenhänge in der Menschenwelt und auch bei uns im Jenseits folgen komplexen Regeln und Logarithmen. Ohne die würde sonst ja totales Chaos herrschen, woran niemand ein Interesse haben dürfte. Damit das ganze Gebilde aber nicht zu starr und zu berechenbar wird, ist ein Schuss Zufall für die meisten Dinge nicht verkehrt. Stellen Sie sich vor, wenn zum Beispiel Fußballergebnisse in der Menschenwelt exakt zu berechnen wären. Unvorstellbar, nicht? Deshalb gibt es einen zentralen Zufallsgenerator, der in unsere Fachsysteme ein unterschiedliches Maß an Beliebigkeit hineinsteuert. Mal ist es nur ein Promilleanteil, mal basieren Zusammenhänge ganz überwiegend auf Zufall.«

Kai musste zugeben, dass das nicht ganz von der Hand zu weisen war. Auch wenn es etwas enttäuschend war, dass sein gesamtes Leben im Kern von einem Zufallsgenerator im Jenseits durcheinandergerüttelt worden war.

Offenbar hatte Uschi seine nächste Frage geahnt, denn er antwortete auch so. „Die Formeln, nach denen der Generator funktioniert, sind sehr kompliziert und strengstens geheim. Nicht mal wir Revisoren kennen die Leute, die den Generator betreuen.«

Inzwischen waren sie in ein anderes Gebäude gegangen. Im Foyer blieb Uschi stehen.

„Nachdem ich Ihnen so viel erklärt habe, möchte ich auch noch mal auf meine Frage zurückkommen«, sagte er verschmitzt lächelnd.

„Ich habe Ihnen doch im Wesentlichen schon alles erklärt«, seufzte Kai ein wenig genervt.

Uschi gab ihm einen freundschaftlichen Klaps auf die Schulter. „Ich weiß, ich weiß. Würden Sie mir einen kleinen Gefallen tun, bevor wir bei der Aufnahmestelle in Ihrer Sache aktiv werden?«

Ach so lief das, dachte Kai. „Na klar. Worum geht es?«

„Kommen Sie mit«, sagte Uschi und zwinkerte. Er führte Kai durch einige Flure zu einem Büro, in dem - dem Türschild zufolge - Erziehungstheorien auf der Menschenwelt bearbeitet wurden. In dem großen Büro arbeiteten rund 20 Leute und tippten emsig auf ihren Computern. Uschi ging an einen Schreibtisch in der Mitte des Raumes und gab einer jungen Latino-Frau die Hand und flüstert ihr etwas zu. Sie nickte freundlich und gab dann auch Kai die Hand.

„Das ist Hong Tao, eine nette Kollegin«, sagte Uschi und lehnte sich an einen Pfeiler. „Nun, ich habe Ihnen ja schon erzählt, dass ich mir über unsere Beobachtungsgeräte schon etliche Male den menschlichen Koitus angesehen habe, aber ich würde das doch zu gerne mal direkt und aus nächster Nähe begutachten.«

„Wie meinen Sie das?«

Uschi lachte amüsierte auf. „Ich möchte Sie bitten, mir das mal zu zeigen. Hong Tao ist so nett, die menschliche Frau dabei zu spielen.« Er nickte ihr zu und bevor Kai etwas sagen konnte, hatte sie Hose und Unterhose fallen lassen und stand nun völlig ungeniert mit blankem Unterkörper mitten in einem Großraumbüro. Ein scheuer Blick auf Hong Tao bestätigte eindrucksvoll, dass die Leute im Jenseits für Sex eindeutig die nötigen Körperteile hatten.

„Ich soll ... aber ich kann doch nicht ...«, stammelte Kai.

„Warum nicht?«, fragte Uschi überrascht. „Fehlt noch was?«

„Aber … das geht nicht … ich kann nicht auf Kommando … vor 20 Leuten, die zugucken …« Kais Kopf glühte, so perplex und verschämt war er.

„Ach so«, sagte Uschi und winkte sie in einen kleinen Kopierraum. Hong Tao ging vor Kai, und er vermied es panisch, auf ihren fantastischen Hintern zu gucken.

„Hier besser?« Uschi setzte sich auf einen kleinen Tisch in dem Kopierraum und Hong Tao verschränkte abwartend die Arme.

„Ich kann das nicht«, stieß Kai hervor. Dieser Spanner konnte doch nicht ernsthaft glauben, dass Kai vor seinen freundlich interessierten Augen eine gefühlslose Jenseits-Frau vögelte. Selbst wenn er es gewollt hätte, wäre nun gar nichts möglich.

Uschi runzelte enttäuscht die Stirn. „Schade, ich dachte, Sie würden mir diesen kleinen Gefallen tun.«

„Hören Sie, das ist nicht so einfach, wie Sie glauben. Da gehört mehr dazu. Gefühl, Atmosphäre …«

„Schon gut, schon gut. Danke Hong Tao«, sagte er und die schöne Latino-Frau ging wieder mit nacktem Unterleib quer durch das Großraumbüro zu ihrem Arbeitsplatz.

„Es tut mir leid … aber das ist jetzt eine Sache, die Sie nicht verstehen können«, sagte Kai.

Uschi hatte wieder sein professionelles Lächeln aufgesetzt. Er schaute auf seine Armbanduhr. „Kein Problem. Nun sollten wir uns aber langsam um ihren Fall kümmern.«

Er hielt Kai die Tür auf und schweigend gingen sie hinüber in den Bürokomplex mit der Aufnahmestelle.

„Wollen Sie gar nicht den offiziellen Weg nehmen?«, fragte Kai spöttisch, als Uschi ohne Umwege direkt auf die Räume der Aufnahmestelle zusteuerte.

„Nein, den haben sie nur für die Lotsen entwickelt. Für die ist das sehr wichtig, damit sie mit ihren Zeiten pro Vorgang hinkommen.«

Uschi klopfte an einer doppelflügeligen Bürotür und trat ein. Eine ältere blonde Frau mit auffällig hängenden Mundwinkeln sah die beiden unwillig an.

„Habe ich ‚Herein‘ gesagt?«, fragte sie schneidend, bevor Uschi seine freundliche Standard-Begrüßung sagen konnte. Er stutzte aber nur einen Moment. „Als Revisor habe ich unbegrenzten Zutritt.«

„Was Sie aber nicht von den grundlegendsten Regeln der Höflichkeit gegenüber einer Referatsleitung entbindet.«

Uschi überlegte sichtbar einen Moment, dann entschied er sich wieder für sein markantes Lächeln. „Sie haben Recht, entschuldigen Sie bitte.«

„Sie waren doch erst in der vergangenen Woche bei uns«, stellte die griesgrämige Frau argwöhnisch fest.

„Das stimmt. Wir kontrollieren ja auch in unregelmäßigen Abständen. Aber ich bin in einer anderen Angelegenheit hier.« Er deutete auf Kai und die Referatsleiterin durchbohrte ihn mit ihrem kalten Blick.

„Unser junger Freund hier ist mir bei der Revision der Lotsenabteilung aufgefallen. Ein Sterbender, den Ihre Leute nicht annehmen wollen. Es gibt da offenbar ein kleines Abstimmungsproblem zwischen den Lotsen und Ihrem Referat«, sagte Uschi so gewinnend lächelnd, als wenn Cary Grant gerade Doris Day umgarnte.

Doch das Lächeln hatte auf die Frau nicht die geringste Wirkung. „Es gibt kein Abstimmungsproblem, sondern es gibt klare Regeln«, sagte sie bestimmt und legte dann in einem langen schneidenden Monolog haarklein dar, weshalb Kai nach geltender Gesetzeslage unter keinen Umständen aufgenommen werden konnte.

Uschis Lächeln blieb die ganze Zeit unbewegt. „Eine Ausnahmeregelung nach 89f kommt nicht in Betracht?«, warf er freundlich ein.

„Ausnahmeregelung? Dieses Fass machen wir unter keinen Umständen auf, die Vorschriften sind glasklar und eindeutig«, bellte die Referatsleiterin und guckte so furchteinflößend, dass Kai unweigerlich einen Schritt zurückwich. Wieder warf sie mit Textstellen aus Vorschriften um sich, bei denen Uschi anerkennend nickte. Schließlich zuckte er die Achseln. „Ich sehe schon. Ihnen kann man kein X für ein U vormachen. Sie haben die Dienstvorschriften wirklich hervorragend im Griff«, lobte er.

»Natürlich habe ich das. Wenn Sie mich jetzt entschuldigen ...« Sie stand auf.

Uschi grüßte noch einmal lässig, dann winkte er Kai, ihm nach draußen zu folgen.

Kai konnte nicht so recht glauben, dass das jetzt alles gewesen sein sollte, was der mächtige Revisor für ihn versucht hatte.

»Sehr solide Abteilung«, sagte Uschi und hob den Daumen. »Tut mir leid, mein Freund. Ich habe gekämpft wie ein Löwe, aber da war nichts zu machen.«

Kai schnappte noch ein paarmal nach Luft. »Sie haben gekämpft wie ein Löwe?«, fragte er ungläubig.

Uschi hob die Schultern. »Nichts für ungut. Ich muss jetzt weiter. Den Weg zurück finden Sie ja. Also alles Gute weiterhin.« Er setzte noch einmal sein smartes Cary-Grant-Lächeln auf und verschwand dann in den nächsten Fahrstuhl.

ERPRESSUNG

»Ich frag dich besser nicht, ob ihr erfolgreich wart«, sagte Chantal, als Kai mit finsterem Gesicht ins Lotsenbüro zurückkam und sich auf einen Stuhl fallen ließ.

»Yepp.« Kai hatte überhaupt keine Lust, von dem Trip mit dem Revisor zu erzählen, der nur am Kopulieren interessiert gewesen war.

Auch Marlene kam mit dazu und machte ein besonders langes Gesicht.

»Aber ich habe eine gute Nachricht.« Chantal grinste zufrieden.

»Wenn sie das übliche Niveau deiner guten Nachrichten hat, will ich sie nicht hören«, seufzte Kai.

»Na, dann kann ich sie ja auch für mich behalten, wenn es dem Herren lieber ist.« Chantal legte beleidigt den Kopf in den Nacken.

»Nun schieß schon los, so schlimm wird's ja hoffentlich nicht sein.«

»Ich habe die IT-Kerle ein wenig beobachtet. Irgendwann ist dieser junge Typ mit dem hochgeschlagenen Kragen raus in den Park in die Pause gegangen.«

»Sensationell«, sagte Kai mürrisch.

»Als er ein Taschentuch aus seiner Hosentasche gekramt hat, ist ihm dieser Zettel hier aus der Tasche gefallen. Hat er gar nicht bemerkt.« Chantal reichte Kai den zerknitterten Schnipsel. »SterVer: Passwort123« stand darauf.

»Was ist das?«

»SterVer heißt das Programm der Aufnahmestelle, wie ich in deren Dienstvorschriften gelesen habe. Und das andere ist offensichtlich ein Passwort«, sagte Chantal betont triumphierend.

Plötzlich war Kai hellwach. »Heißt das, dass wir uns damit in das Programm der Aufnahmestelle einloggen können?«

Marlene räusperte sich geräuschvoll. »Wir sollten das immer auf legale Art und Weise ...«

»Keine Sorge, Chef. Daten eingeben kann man damit nur von dem Rechner des Kragentypen aus und mit seiner Kennung.«

»Dann nützt uns das also nichts«, sagte Kai enttäuscht.

»Doch. Wenn der Typ das wirklich als Passwort für sein Fachprogramm verwendet, verstößt er gegen sämtliche Passwortrichtlinien. Als Systemadministrator wäre das ein durchaus erheblicher Vorgang ...«

»Das ist ja unverantwortlich«, sagte Marlene sichtlich empört. »Das müssen wir der Revision melden.«

»Das wäre eine Variante«, stellte Chantal grinsend fest.

Marlene sah ihn mit einem Ausdruck des Entsetzens an. »Aber ... nein ... ihr könnt doch nicht ...«

»Hast du eine bessere Idee?«, fragte Chantal.

Marlene stöhnte auf. »Ich habe das alles nicht gehört«, sagte er im Weggehen.

Chantal klatschte sich mit den Händen auf die Knie. »Na, endlich ist mal was los in der Bude!«

Sie machten sich auf den Weg rüber zu dem Gebäude, in dem die IT-Betreuer arbeiteten und warteten auf einer Parkbank vor der Tür.

»Das kann jetzt wahrscheinlich ein wenig dauern. Er hat ja gerade erst Pause gehabt«, sagte Chantal und streckte sich auf der Bank aus.

»Ist eigentlich gar nicht so schlecht, dass ich dich an der Backe habe«, sagte er. »Sonst müsste ich jetzt wieder an der routinemäßigen Fortbildung über das Tunnelsystem teilnehmen. Ist immer total langweilig. Aber wir müssen alle paar Monate diese Belehrung über das Schaltersystem im Tunnel mitmachen.« Er schnaufte verächtlich. »Dabei hilft einem das nicht im geringsten weiter. Im Tunnel muss man sich ganz auf seine Intuition verlassen, die nur wir Lotsen haben.«

Kai sagte lieber nichts zu dem Thema. Die angenehm laue Luft und der Sonnenschein machten ihn ganz müde. Er konnte sich ja mal ein paar Minuten hinlegen und ein wenig dösen. Das Tagesgeschäft als Sterbender war ganz schön anstrengend.

Kai gähnte. »Muss man eigentlich auch noch schlafen, wenn man tot ist - also ganz offiziell tot?«

»Ich glaube nicht. Dieser Mechanismus wird beim Eintritt in das Szenario deaktiviert. Ohne Tag und Nacht hat Schlafen wenig Sinn.«

Die weitere Antwort hörte Kai schon nicht mehr. Er war fest eingeschlafen.

Irgendwann wachte er wieder auf, weil Chantal heftig an ihm rüttelte. »Da kommt er.«

Kai brauchte eine Weile zur Besinnung, dann sah er auch den Popper mit dem hochgestellten Kragen vorbeigehen. Allein schon wegen der unmöglichen Jeans, die er zu allem Überfluss noch in seine Burlington-Socken gesteckt hatte, fand Kai die Schmalzlocke zum Kotzen.

»Lass mich das regeln«, sagte Chantal und ging ihm langsam hinterher. Kai wusste nicht, ob das eine gute Idee war, aber da er sich mit dem Einleiten einer Erpressung auch nicht sonderlich auskannte, ließ er Chantal den Vortritt.

Der Popper ging in den Park und setzte sich auf eine Bank im Schatten. Chantal und Kai setzten sich zu seinen Seiten, ohne ihn anzuschauen. Dafür sah der Popper sie kurz fragend an, sagte dann aber auch nichts.

Gerade als er wieder aufstehen wollte, sagte Chantal gelangweilt: »Passwort123.«

Der Popper ließ sich langsam wieder zurück auf die Bank sinken und guckte Chantal lauernd an.

Der verzog keine Miene und guckte im Park herum. »Wenn mich nicht alles täuscht, werden Passwortrichtlinien in der IT-Abteilung ziemlich streng gehandhabt.«

Der Stehkragen-Typ fuhr sich nervös mit den Fingern durch die wohlfrisierten Haare.

Jetzt sah Chantal ihn an und lächelte breit. »Wir haben da gerade diesen strengen Revisor in unserem Büro. Wie heißt er doch gleich, Kai?«

Fast hätte Kai Cary Grant gesagt, besann sich aber noch rechtzeitig. »Uschi.«

Die Augen des Poppers flackerten bei diesem Namen kurz auf und er schluckte.

»Wenn der Wind davon bekäme, würde ich nicht mit dir tauschen wollen«, sagte Chantal mitleidig und betrachtete seine Fingernägel.

Das Gesicht des Poppers verfinsterte sich. »Was wollt ihr von mir?«, presste er hervor.

Chantal lächelte aufmunternd. »Wir wollen dir nur einen Gefallen tun, nicht wahr, Kai?«

Kai kam sich ein bisschen blöd vor als der hohle Stichwortgeber, aber er stimmte Chantal zu.

Chantal holte den Zettel mit dem Passwort aus der Tasche und betrachtete ihn stirnrunzelnd. »Wir wollen ihn dir zurückgeben.«

Der Popper schnappte nach dem Zettel, aber Chantal zog ihn blitzschnell zurück.

»Nicht so schnell, Sportsfreund«, sagte er übertrieben freundlich. »Wir würden uns sehr freuen, wenn du uns vorher auch einen klitzekleinen Gefallen tust.«

»Was wollt ihr?«

»Du könntest für uns einen kleinen Datensatz in deiner Fachanwendung anlegen und ... freigeben.«

»Das ... kann ich nicht machen. Das ist streng verboten.« Der Popper war ziemlich blass um die Nase geworden.

Chantal gähnte gelangweilt. »Wenn ich mich nicht irre, ist Passwort123 auch streng verboten, oder?«

Der Popper stand verärgert auf. »Erpresser!«

Chantal machte ein überraschtes Gesicht. »Ts, ts, ts. Wie undankbar. Es geht hier nur um zwei kleine Gefälligkeiten in der ... sagen wir Grauzone. Du darfst eigentlich keine Daten anlegen und wir müssen Verstöße gegen die Passwortrichtlinie eigentlich melden.« Er grinste wieder.

Der Stehkragen-Typ setzte sich wieder und schnaufte. »Also gut ... schreibt mir auf, was ich eingeben soll.«

»Nein, wir wollen dabei sein. Kontrolle ist besser, nicht wahr, Kai?«

Kai fand, dass Chantal es übertrieb. Hatte wohl zu viele Gangsterfilme im Menschenfernsehen geguckt. Er sagte nichts mehr.

»Aber das geht nicht. Ihr könnt nicht in unser Büro. Ich bin da nie allein.«

Chantal zuckte mit den Schultern. »Dein Problem. Dann sieh zu, dass du deine Kollegen gleichzeitig wegschickst.«

Der Popper sackte geknickt in sich zusammen.

»Kopf hoch, mein Freund. Wäre doch gelacht, wenn du das nicht hinkriegst. Wir warten am Ende von eurem Flur und du rufst uns, wenn die Luft rein ist.« Chantal zwinkerte Kai verschwörerisch zu. Er war so zufrieden mit sich, dass er gleich vor Stolz platzte.

»Also gut. Ich will sehen, was ich machen kann«, sagte der Popper und stand auf. »Aber danach gibst du mir den Zettel.«

»Den bekommst du, wenn mein Freund hier sauber durch das System der Aufnahmestelle gelaufen und in einem Szenario verschwunden ist. Versprochen.«

Der Popper drehte sich wütend um und ging davon. Mit einigem Abstand folgten Kai und Chantal ihm.

»Läuft gut, nicht wahr, Kai?«, grinste Chantal.

»Hör auf, mir immer solche albernen Fragen zu stellen, als wäre ich dein hirnloser Bodyguard. Übertreib es nicht.«

»Macht aber Spaß. Schade, dass ich keine Chance habe, mal als Chef einer Verbrecherbande auf die Menschenwelt zu kommen. Da würde das bestimmt richtig aufregend werden.«

»Ja, und da würde dir der Stehkragen-Heini jetzt mit seinen großen Brüdern auflauern und dich mit einem Messer abstechen. Wieso hat der Typ eigentlich so viel Angst? Was passiert ihm, wenn sie ihn wegen der Passwortsache drankriegen würden?«

»Dann drohen ihm schwerste Konsequenzen.«

»Und was genau? Entlassen sie ihn oder schmeißen sie ihn einfach als Sondermüll ins Universum?«

»Weiß ich nicht. In den Vorschriften ist immer nur von schwersten Konsequenzen die Rede. Das ist für die Leute bei uns die reinste Horrorvorstellung und wirkt total abschreckend.«

Auch wenn Kai es kaum ertrug, dass Chantal sich mit so einer Phrase zufriedengab, verzichtete er auf eine Diskussion. Führte eh zu nichts.

In der Zwischenzeit waren sie in dem Bürotrakt der IT-Abteilung angekommen. Chantal signalisierte dem Popper, dass sie am Ende des langen Flurs auf sein Signal warten würden.

»Ist das denn schon mal vorgekommen, dass jemand die schwersten Konsequenzen tragen musste?«, fragte Kai.

»Bestimmt. Aber man kann das natürlich nie mit Sicherheit sagen, warum jemand aus einem Referat oder einer Abteilung plötzlich verschwunden ist. Oft ist auch nur einfach deren Zeit abgelaufen.«

»Ach, eure Zeit läuft irgendwann ab? Ich dachte, ihr seid sowas wie unsterblich.«

»Menschendenke«, sagte Chantal spöttisch.

»Aber wie geht das denn vor sich? Steht irgendwann plötzlich der Sensenmann neben deinem Schreibtisch und holt dich ab?«

»Nein, das ist ganz pragmatisch. Man bekommt wohl eine Mail, in der einem mitgeteilt wird, dass die Zeit abgelaufen ist. Danke für ihre Mitarbeit. Bitte denken Sie daran ... das übliche Bla-Bla halt. Dann räumt man seinen Schreibtisch auf und geht wieder zur Tür hinaus, durch die man gekommen ist.«

»Und was passiert hinter der Tür?« Ein Blick in Chantals verständnisloses Gesicht reichte Kai und er zog die Frage zurück. Vielleicht sollte er endlich dazu übergehen, die Sorglosigkeit der Leute hier einfach nur zu beneiden.

Die Tür zu dem Büro des Poppers ging auf, und seine beiden Kollegen kamen heraus. Kai drehte sich schnell zu einer Pinnwand, damit der cholerische Untersetzte ihn nicht sehen konnte. Als die beiden um die nächste Ecke verschwunden waren, schaute der Popper zur Tür raus und winkte hektisch.

»Los schnell. Die beiden sind nicht lange weg«, sagte er nervös und fuhr sich immer wieder durch die Poppertolle. Er setzte sich an seinen Rechner und Chantal und Kai standen dahinter und schauten ihm über die Schulter.

Gerade als er sich in das Fachprogramm der Aufnahmestelle eingeloggt hatte, hörte man auf dem Flur eine laute Stimme fluchen. Der Popper sprang auf und wurde ganz weiß im Gesicht. »Er kommt zurück!«, flüsterte er und suchte hektisch nach einem Versteck. Doch Chantal war schon unter den großen Schreibtisch gehechtet und zog Kai auch darunter.

Die Tür ging auf und der Untersetzte kam rein. »Verdammte Scheiße, wieder die Hälfte vergessen«, fluchte er und kramte etwas aus einem Spind an der gegenüberliegenden Wand.

»Alles in Ordnung?«, fragte er schroff. Offenbar hatte er das entsetzte Gesicht des Poppers gerade bemerkt.

»Ja ... ich ... denke nur gerade nach ...«, stammelte der.

Mit einem Brummen ging der Untersetzte wieder raus. Ein langer Atemzug war von oberhalb des Schreibtischs zu hören.

»Das war knapp - für dich«, stellte Chantal grinsend fest.

Der Popper setzte sich wieder an seinen Rechner und wippte nun völlig nervös mit den Füßen. »Also, neuer Datensatz. Was soll ich als Namen eintragen?«

»Kai Schrader«, sagte ich.

»Nein, nicht den richtigen Namen. Nimm einfach irgendeinen anderen«, erwiderte Chantal.

Der Popper war so fahrig, dass ihm nichts einfiel.

»Max Mustermann vielleicht?«, schlug Kai schließlich vor, weil ihm auch nichts Besseres einfiel.

»Todesart?«, fragte der Popper.

»89d«, sagte Chantal schnell.

»89b, korrigierte Kai.

»Jetzt mach die Sache nicht unnötig kompliziert. Nimm 89d«, schnauzte Chantal.

Kai nahm seine Trotzhaltung ein. »Du hast mich von der Brücke geschubst. Es war eindeutig Mord. Da lasse ich nicht mit mir verhandeln.«

»Zum letzten Mal: Du bist allein von der Brücke gefallen. Und du wärst sowieso gesprungen. Also Selbstmord.«

»Wäre ich nicht!«

»Wärst du wohl. Das stand eindeutig im Exposé!«

»Es interessiert mich nicht die Bohne, was in eurem bescheuerten Exposé steht. Ich wäre nie und nimmer gesprungen!«

»Kapier es endlich: Es ist scheißegal, was du willst. Die Entscheidungen treffen wir hier im Jenseits!«

Mittlerweile brüllten die beiden sich lauthals an.

»Ha! Das glaubst du vielleicht! Ihr Lotsen seid doch nur Marionetten. Es ist übrigens völlig Banane, welche

Schalter ihr in eurem blöden Tunnelsystem drückt und welche Wege ihr wohin geht.«

»Ist es nicht!«, schrie Chantal mit wutverzerrtem Gesicht.

Der Popper stöhnte laut und raufte sich die Haare. »Könnt ihr das vielleicht ein anderes Mal klären und euch jetzt endlich entscheiden«, sagte er verzweifelt.

»89b«, sagte Kai bestimmt und fixierte Chantal.

Der schnaubte beleidigt. »Widerlicher Dickkopf. Mann, bin ich froh, wenn ich dich endlich wieder los bin.«

»Was soll ich in das Feld Täter eintragen?«, fragte der Popper drängelnd.

»Was weiß ich. Nimmt der Computer 'Jack the ripper'?«

»Akzeptiert«, bestätigte er und klickte hektisch durch die weiteren Felder. »Welches Szenario?«

Darüber hatte Kai sich noch gar nicht abschließende Gedanken gemacht. Ob es wohl ein Gourmet-Szenario gab? Oder ein Porno-Szenario? »Ist jetzt egal. Nimm einfach irgendeines«, sagte Kai, weil er diese Frage jetzt ohnehin nicht gründlich durchdenken konnte.

»Jetzt musst du den Datensatz noch freigeben«, sagte Chantal, der sich wieder beruhigt hatte.

Es dauerte eine Weile, bis der Popper sich durch Berechtigungsstrukturen und Formularmasken navigiert hatte, bevor er den entscheidenden Klick setzen konnte.

In der Zusammenfassung stand jetzt also, dass Kai Max Mustermann hieß, der von Jack the ripper ermordet worden war und ins ... Bibelkreis-Szenario geschickt werden sollte. Ach du heiliger Mist, das ging ja gar nicht. Sollte Kai in dem Szenario den Leuten etwa erklären, wie das Jenseits funktionierte?

Gerade als er widersprechen wollte, ging die Tür auf und die beiden Kollegen des Poppers kamen herein. Der Untersetzte unterbrach einen Satz und sah Kai und Chantal an wie eine Raubkatze seine Beute.

Der Popper klickte hektisch die Eingabemasken weg und sprang auf.

»Was machen diese Figuren hier?«, fragte der Untersetzte lauernd.

»Die ... hatten eine Frage ... aber ich ... habe den beiden gerade erklärt ... dass wir Ihnen nicht helfen können«, stammelt der Popper verzweifelt.

Der Untersetzte kam langsam um den Schreibtisch herum. Dann packte er Kai am Hemdkragen und brüllte: »Raus hier! Rrrrraus!« Mit einer nicht zu vermutenden Kraft schleuderte er Kai herum und zerrte ihn zur Tür. Aus dem Augenwinkel sah er, dass Chantal dem Popper auf die Schulter klopfte und den Daumen hob, bevor er hastig das Büro verließ.

»Ich werde das an eure Abteilungsleitung melden!«, schrie der Choleriker, als er die beiden auf den Flur befördert hatte.

»Gerne«, sagte Chantal ruhig. »Wir sind Lotsen. Marlene heißt unser Vorgesetzter.« Er hielt ihm einen Dienstausweis unter die Nase.

Der Untersetzte war jetzt sichtlich irritiert. »Wieso Lotsen? Was habt ihr mit uns zu schaffen?«

Kai und Chantal nutzten die Chance, um einen sicheren Abstand zu gewinnen.

»Ist streng geheim. Kann ich nicht erklären. Nichts für ungut«, sagte Chantal und die beiden verschwanden schnell um die nächste Ecke.

DAS TICKET

»Meine Damen und Herren, darf ich euch den gerade offiziell gestorbenen Max Mustermann vorstellen?«, rief Chantal in das Lotsenbüro, als er und Kai zur Tür hereinkamen.

»Brauchst gar nicht so blöd zu gucken«, schnauzte er Benno an, der über den Rand seiner Bürobox schaute. »Das würdest du nie hinbekommen, weil man dafür seinen Arsch mal aus diesem Büro herausbewegen müsste.«

Bennos Kopf verschwand wieder.

Chantal gab mächtig damit an, dass er den Popper erfolgreich »zu einem Gefallen« überredet hatte.

Marlene sah äußerst bekümmert aus. »Bitte keine Details, Chantal«, sagte er gequält.

»Warum nicht, das war große ... Verhandlungskunst, nicht wahr Kai?«

»Ich bin jetzt auch offiziell ermordet worden, nicht wahr Chantal?«, stichelte Kai.

Chantal verzog genervt das Gesicht. »Du hast doch gehört, dass Marlene keine Details hören will.«

Adolf hatte sich auf die Trennwand gestützt und schüttelte spöttisch den Kopf. »Dann habt ihr ja sicher auch gleich an das Ticket für Kai gedacht, oder?«

Chantal und Kai sahen sich überrascht an.

»Die Tickets für den Transport zum Szenario werden auf einem Spezialvordruck ausgestellt und gestempelt. Hättet ihr bei dem Typen ja gleich mit ordern können.«

»Verdammter Mist«, fluchte Chantal leise. »Ich versuche nochmal, unseren Freund aufzutreiben.«

N.N. kam mit finsterer Miene ins Büro und knallte ihre Tasche auf den Schreibtisch.

»Was ist denn los?«, fragte Adolf gelangweilt.

»Ich habe es wirklich satt!«, fauchte N.N. »Diese Typen aus der Präparationsabteilung gehen mir sowas von auf die Nerven.« Sie setzte sich und raufte sich die Haare. »Ich habe das schon geahnt, als ich den Auftrag aus dem Drucker gezogen habe ...«

»Was war das für ein Auftrag?«, wollte Kai wissen.

»Ach ... ein Rentner, der in so eine Häckselmaschine gefallen ist. Ich liefere den ab und es gibt unendliche Scherereien. Die Präparationsabteilung weigert sich, die Leiche in entsprechenden Einzelteilen zur Verfügung zu stellen, weil deren Budget nicht mehr ausreichen würde. Sie könnten nur eine komplette Leiche liefern. Und deshalb wollte die Aufnahmestelle den alten Kerl erst gar nicht annehmen. Und ich brauchte ewig, um denen klar zu machen, dass das nicht mein Problem ist, woher eine passende Leiche kommt. Ich habe denen nur gesagt, dass man die Menschen auch nicht für blöd verkaufen kann. Man kann denen doch keine friedlich eingeschlafene Leiche hinlegen, wenn sich einer selbst geschreddert hat!«

Kai verkniff sich eine Bemerkung, denn für Pietät hatten die Leute im Jenseits wenig Sinn - so wenig wie für manch andere Dinge.

N.N. ging wieder hinaus. Auch Adolf verschwand zu einer Passage.

»Was ist eigentlich mit meiner Leiche geworden?«, fragte Kai Marlene, der gerade mit dazu kam.

Marlene räusperte sich verlegen. » Sie haben dich erst einmal spurlos verschwinden lassen. In der Menschenwelt wirst du als vermisst geführt.«

Das gefiel Kai. Er stellte sich vor, wie die Polizei sein Auto auf dem Parkplatz an der Brücke gefunden und wie sie Laura informiert hatten. Und sie saß jetzt hoffentlich heulend vor dem Fernseher und guckte Aktenzeichen XY. Ha!

In einem anderen - eher realistischen - Szenario hatte sie wohl eher kurz die Siegerfaust geballt und sich dann wieder mit ihrem Drittligastürmer vergnügt.

Als Chantal wiederkam, konnte man schon an seinem Gesicht den Misserfolg seiner Mission ablesen. »Der Stehkragen-Typ behauptet, sie hätten die originalen Ticketvordrucke mit den Stempeln nicht. Und drucken dürfe bei denen nur der freundliche Choleriker, der uns rausgeworfen hat. Den habe ich lieber nicht gefragt.«

Kurze Zeit später kam N.N. zurück. »Ich habe noch mal die Nummer wie bei den Vorschriften versucht«, sagte sie und pustete sich eine Haarsträhne aus dem Gesicht.

Chantal guckte belustigt. »Was? Du bist einfach da reinspaziert und hast gefragt, ob du einen Ausweis haben darfst?«

»Genau.«

»Und?«

»Sie haben Nein gesagt.«

»Überraschend!« Chantal lachte.

»Sie konnten das ziemlich stichhaltig begründen, hatten jede Menge Vorschriften zur Hand, die das nicht zulassen«, sagte N.N. schulterzuckend. »Da kann man nichts machen.«

In der Box nebenan hörte man Adolf eine Mappe auf den Tisch werfen. Sein Gesicht erschien im Durchgang und er strich sich gequält über das Gesicht. »Heilige Scheiße noch mal. Ich will nie, nie wieder so eine Type haben wie gerade eben.«

»Was war denn?«

Adolf ließ sich mit den Rücken an der Wand auf den Fußboden gleiten. »Klang ganz harmlos. Ältere Frau aus ihrem Sterbebett abholen, nichts Besonderes. Und dann schwallerte die mich die ganze Zeit voll. Von wegen sie habe ja immer ganz fest an Gott geglaubt und sei so aufgeregt, wie das nun im Himmel werde. Und sie habe sich immer so für die Kirche eingesetzt, bla bla bla! Und als ich ihr irgendwann verklickert hab, dass sie sich ihren Himmel und das ganze Gedöns abschminken kann, blubberte die immer weiter: Ich sollte auf den rechten Weg zurückkehren und mich mal jemandem anvertrauen, auch sie habe Zweifel gehabt. Entsetzlich! Und als wir dann endlich bei der Aufnahmestelle angekommen sind, textete sie den armen Kollegen da voll, dass sie aber unbedingt vor Gott treten und bekennen wolle.«

»Na, die ist doch bestimmt mit wehenden Fahnen ins christliche Bibelkreis-Szenario eingezogen«, sagte Chantal grinsend.

»Hör bloß auf. Der Popper hat mich auch in das Bibelkreis-Szenario eingetragen. Nachher treffe ich die Alte da«, sagte Kai.

»Das ist mit Sicherheit das Szenario mit dem höchsten Altersschnitt. Fast nur alte Leute da drin, die sich 50 Jahre den Mund über dieses komische Buch fusselig reden«, sagte Adolf.

»Gab es nicht mal so ein Modernisierungsprojekt, diese ganzen Religionsgeschichten in der Menschenwelt zu konsolidieren? Da sollte doch eine Einheitsreligion draus werden, damit man die Verwaltungen zusammenlegen kann. Was ist daraus eigentlich geworden?«, fragte Chantal kopfschüttelnd.

»Soweit ich gehört habe, haben sie das Vorhaben sang- und klanglos eingestellt, weil die Personalräte interveniert haben.«

N.N. lachte auf. »Das ist aber nur die offizielle Begründung. Ich habe gehört, dass die Lenkungsgruppe des Projektes kalte Füße bekommen hat, nachdem die Begegnungsexperimente mit den Religionsszenarien in die Hose gegangen sind.«

Kai runzelte die Stirn. »Begegnungen zwischen Szenarien? So was gibt es?«, fragte er.

»Nicht mehr«, sagte N.N. grinsend. »Sie haben mal versucht, diese Bibelkreis-Typen mit den Koranauslegern, Buddha-Anhängern und anderen zusammenzubringen. Das Ganze ist in einer wüsten Massenschlägerei geendet und hat wochenlang für Tumulte in den Szenarien gesorgt.«

»Es hätte bestimmt Tote gegeben, wenn die nicht schon alle tot gewesen wären«, flachste Chantal. »Dagegen waren die Scharmützel in dem Fußball-Hooligan-Szenario der reinste Kindergeburtstag.«

»Insgesamt kann man sagen, dass diese Geschichte mit den Religionen im Laufe der Zeit ganz schön aus dem Ruder gelaufen ist. Und jetzt kriegt das keiner mehr in den Griff«, stellte Adolf fest.

Kai dachte verdrossen an den einzigen Kirchentag, den er in seinem Leben mitgemacht hatte. Laura hatte ihn überredet mit hin zu gehen, als sie gerade frisch zusammen waren und er sie sogar zu einer Tupperparty begleitet hätte. Nach drei Tagen Gutmenschentum und Friedenskerzenanzünden hatte sich bei ihm so viel Aggression angesammelt, dass er danach am Fußballstadion seine erste und einzige Schlägerei mit gegnerischen Fans hatte.

Auf dem Gang ging Benno vorbei und sah scheu zu ihnen herüber.

»Mensch Benno, was bist du aktiv heute. So viel hast du dich ja seit Ewigkeiten nicht bewegt. Pass auf, dass dein Kreislauf nicht kollabiert«, rief Chantal ihm hinterher.

»Lass ihn doch in Ruhe«, sagte Kai. »Überlegen wir lieber weiter, wie wir an ein Ticket für mich kommen.«

Alle schwiegen und dachten nach. Kai wurde erst jetzt bewusst, wie lähmend diese öde Atmosphäre in einer großen Verwaltung war. Da konnte ja kein Mensch einen kreativen Gedanken fassen. Und diese Lotsen, die nichts anderes kannten, erst recht nicht. Die Trägheit des Apparats konnte Kai fast körperlich spüren.

»Hmm. Mit hoher Verwaltungskunst kommen wir da wohl nicht weiter«, sagte Chantal vor sich hin. »Wie wäre es dann mit einem Verbrechen?«

»Wie meinst du das? Papiere fälschen, oder was?«, fragte N.N. mit einer hochgezogenen Augenbraue.

»Nein, nicht sowas. Ein richtiges Gewaltverbrechen, so wie in der Menschenwelt. Gangster mit Waffen, die irgendwo reinstürmen und um sich schießen.« Das Leuchten in Chantals Augen verhieß nichts Gutes. »Ich habe das schon häufiger in diesen Menschenfilmen gesehen. Wirkt total überzeugend.«

»Ich weiß nicht«, sagte N.N. skeptisch. Aber Adolf nickte schmunzelnd vor sich hin. »Ich könnte ein paar von diesen Pistolen organisieren. Ich hätte da eine Quelle ...«

Chantal sprang auf und schlug die Faust in die Hand. »Super. Und ich kümmere mich um Masken. Dann stürmen wir rein in die Bude und holen uns das Ticket.«

»Aber das ist doch Unsinn«, sagte Kai laut. »Überfälle basieren darauf, dass man jemanden damit bedroht, ihn umzubringen. Und diese Drohung klappt wohl kaum bei jemandem, der nicht sterben kann.«

Chantal machte ein genervtes Gesicht. »Du musst aber auch immer und überall die Bremse machen, was?«

»Habe ich etwa unrecht?« Kai nahm seine Trotzhaltung ein.

»Darum geht es erst mal gar nicht«, sagte Chantal und tippte Kai derbe mit dem Finger gegen die Brust. »Erst mal geht es darum, dass du jeden Ansatz mit deiner blöden Miesmacherei kaputt machst.«

»Habe ich etwa unrecht?«, wiederholte Kai stur.

»Darf ich dich darauf aufmerksam machen, dass wir das Ganze für dich machen? Damit du dein verdammtes Ticket bekommst!«

»Ach ja? Wir machen den ganzen Zirkus doch nur, damit du ein Problem los wirst, das du dir selbst eingebrockt hast!« Inzwischen war Kai aufgestanden und die beiden brüllten sich an.

»Mein Problem? Das wird ja immer besser!«

»Wenn du mich nicht die Brücke runtergestoßen hättest, hätten wir das Problem gar nicht.«

»Jetzt fängst du schon wieder damit an. Wenn dir keine Argumente mehr einfallen, spielst du wieder die alte Leier.« Chantal drehte sich ruckartig weg zu den anderen beiden. »Wir ziehen das Ding jetzt durch, auch ohne unseren Oberbedenkenträger. Adolf, organisier du die Knarren. N.N. kundschafte noch mal aus, ob die Luft bei der Aufnahmestelle rein ist. Und ich bastle uns Masken.«

Chantal wollte aus seiner Box stürmen, doch im Eingang stand inzwischen Marlene mit äußerst gequältem Gesichtsausdruck.

»Ich habe so gut wie nichts von dem gehört, was hier gesprochen wurde und will auch nichts Näheres wissen. Aber ich sage nachdrücklich: Ihr unternehmt gar nichts.«

»Du musst ja auch nichts wissen ...«, erwiderte Chantal unwirsch.

»Habe ich mich deutlich ausgedrückt? Ihr unternehmt in dieser Sache gar nichts mehr.« Marlene nahm aus einer Aktenmappe einige Exposés und verteilt sie unter den Lotsen. »Es gibt Arbeit.«

Chantal verschränkte beleidigt die Arme vor der Brust. »Ich denke, ich soll keine Passagen mehr übernehmen, bis das Problem mit Kai gelöst ist.«

»Mir ist es lieber, wenn du dich wieder um deine eigentliche Arbeit kümmerst. Und es wäre mir besonders lieb, wenn du nicht noch weitere Fälle wie Kai produzierst.«

Chantal schnappte sich grummelnd ein Exposé und las.

»Und wie gehen wir in meiner Angelegenheit weiter vor?«, frage Kai vorsichtig.

Marlene seufzte. »Ich kümmere mich selbst darum. Komm doch bitte mal mit.« Müde winkte er Kai, ihm in sein Büro zu folgen.

Marlene schloss die Tür und kratzte sich nachdenklich an der Nase. »Ich wünschte, ich könnte diese Angelegenheit irgendwie sauber und unter Einhaltung aller

Vorschriften aus der Welt schaffen. Aber ich fürchte, das wird nicht funktionieren, ohne die Regeln ein wenig zu ... interpretieren.«

»Aber ein bewaffneter Raubüberfall fällt nicht unter den Begriff 'Interpretieren'?«

Marlene verzog das Gesicht. »Ich habe eine etwas weniger martialische Idee. Ich bin zufälligerweise Mitglied einer behördenübergreifenden Arbeitsgruppe, die Formulare und amtliche Dokumente vereinfachen soll. Ehrlich gesagt, ist diese AG trotz jahrelanger sporadischer Sitzungen bislang mehr als wirkungslos. Wir haben noch nicht ein einziges Formular verändern können, weil die betreffenden Stellen alle ein Vetorecht haben.«

»Verstehe. Aber wie hilft uns das weiter.«

»Nun, wir werden versuchen, der Aufnahmestelle zu erzählen, dass die Arbeitsgruppe die Szenario-Tickets prüfen will. Und dann werden sie uns hoffentlich ein Muster mitgeben.«

Kai konnte sich nicht helfen. Das klang zu einfach, als dass es klappen konnte. Offenbar hatte Marlene die Zweifel in seinem Gesicht gelesen, denn er zuckte müde mit den Achseln. »Es gibt sicherlich gute Gründe, warum sie die kurzfristige Herausgabe des Formulars verweigern könnten.«

Kai hatte das Gefühl, dass er hier den optimistischen Part übernehmen musste. »Aber ein Versuch ist es allemal wert. Wie gehen wir vor?«

Marlene stand ächzend auf. »Ich muss noch etwas besorgen, dann gehen wir zusammen hin. Wir treffen uns in einer Stunde wieder hier.« Er versuchte ein optimistisches Lächeln und schlurfte aus dem Büro.

DINOSAURIER

Kai vertrieb sich die Zeit mit einem Spaziergang durch den Park. Weil sein Magen schon wieder knurrte, ging er zu dem Imbiss.

»Ich bin neu hier. Sehe ich das richtig, dass man die Sachen hier nicht bezahlt, sondern beantragt?«, fragte Kai den dürren, verwitterten Verkäufer. Seine langen mit grauen Strähnen durchsetzten Haare quollen unter einer kleinen Papiermütze hervor, auf der »Guten Appetit« stand.

»Ist korrekt, der Herr«, sagte er mit einer kratzigen Stimme und zeigte grinsend seine lückenhaften Zähne.

Kai schaute sich die Auslage an. »Was ist auf den Baguettes drauf?«

»Salami.«

»Hmm, und auf den Ciabattabrötchen?«

»Salami.«

Kai mochte Salami nicht gerne und lächelte etwas verlegen. »Gibt es auch etwas ohne Salami?«

»Nein, der Herr. Ist alles mit Salami«, krächzte der Verkäufer und verbeugte sich leicht.

»Na dann nehme ich wohl doch Salami - mit Baguette.«

Der langhaarige Typ reichte Kai ein Baguette mit einer Serviette auf einer Pappe. Dann schob er ihm ein kleines Antragsformular und einen Kugelschreiber rüber.

»Muss ich das komplett ausfüllen?«, fragte Kai, als er die vielen Felder des Formulars überflog.

»Unbedingt, wenn der Herr so freundlich sein will«, sagte der Verkäufer wieder mit einer Verbeugung.

»Ich bin nämlich nicht von hier, wissen Sie. Ich bin sozusagen nur auf der Durchreise.«

Der Verkäufer zeigte wieder sein schadhaftes Lächeln und blickte sich um, ob ihnen jemand zuhörte. »Schreiben Sie einfach irgendwas. Kommt nicht drauf an.«

Kai sah ihn prüfend an, aber der Langhaarige zwinkerte ihm zu. Also schrieb Kai in jedes Feld »Lale Lu« und »01101« und reichte das Formular zurück.

»Danke schön, der Herr«, krächzte der Verkäufer und warf das Formular ohne einen Blick darauf zu werfen in den Papierkorb.

»Sie haben sich doch gar nicht angesehen, was ich geschrieben habe.«

»Oh doch, natürlich der Herr. Die Anträge sind schließlich vorgeschrieben und sehr wichtig.« Der Verkäufer machte wieder eine leichte Verbeugung.

Kai sah ihn stirnrunzelnd an und der Mann schien sich etwas unbehaglich zu fühlen.

»Kommen der Herr von weit her?«, fragte er lächelnd, als Kai begann, das seltsam geschmacksneutrale Baguette zu essen.

»Ja, kann man so sagen. Ich bin ein Sterbender, der ein wenig aufgehalten wurde. Aber bald bin ich wieder weg.«

»Verstehe, der Herr«, krächzte der Verkäufer und man sah genau, dass er nicht die Bohne verstanden hatte.

Kai biss wieder ein Stück ab, das trotz einer Ladung Salz aus einem Streuer nicht besser schmeckte. »Wenn ich so drüber nachdenke, verstehe ich nicht ganz, warum die Leute hier im Jenseits überhaupt etwas Essen und Trinken. Wenn die nicht sterben können, können die doch auch nicht verhungern oder verdursten.«

Der Verkäufer lachte ein kratziges Lachen und schüttelte amüsiert den Kopf.

»Ich meine ja bloß: Ist doch unlogisch«, setzte Kai nach, auch wenn er im Jenseits mittlerweile so viele unlogische Dinge gesehen hatte, dass es darauf nun eigentlich auch nicht mehr ankam.

»Der Herr ist wirklich nicht von hier? Nicht von der Revision?«, fragte der Verkäufer vorsichtig.

»Nein, ehrlich nicht. Ich bin ein toter Mensch - oder zumindest halbtot.«

Der Verkäufer beugte sich seitlich über seinen Tresen. »Sie haben natürlich völlig recht, aber das dürfen Sie niemandem erzählen.«

Die Frage, warum noch keiner darauf gekommen war, lag Kai auf der Zunge. Aber er wusste ja mittlerweile, dass man im Jenseits das Hinterfragen von Dingen nicht sonderlich spannend fand.

Er signalisierte mit einer Geste, dass er selbstverständlich schweigen würde. »Ehrensache.«

Der Verkäufer lächelte erleichtert und machte wieder eine seiner affektierten Verbeugungen.

»Aber warum verkaufen Sie den Leuten das Zeug, wenn sie es gar nicht brauchen?« Kai ahnte, dass das eine blöde Frage war, über die der Verkäufer noch nie nachgedacht hatte.

Der räusperte sich und machte ein betrübtes Gesicht. »Um ehrlich zu sein, ist unser Job hier eine Arbeitsbeschaffungsmaßnahme. Und über den Sinn solcher Maßnahmen kann man natürlich immer geteilter Meinung sein.«

»Eine ABM? Hier im Jenseits? Das ist ja interessant. Was haben Sie denn eigentlich mal gemacht?«

Der Verkäufer schnaufte enttäuscht. Er war plötzlich gar nicht mehr so albern höflich, sondern in seinem Blick blitzte sowas wie Begeisterung auf. »Ich habe mal in der größten Abteilung aller Behörden gearbeitet. Wir haben die Dinosaurier verwaltet.«

»Wow, das klingt ja spannend. Echte Dinosaurier? Diese haushohen Urzeit-Viecher?«

Der Langhaarige nickte strahlend und krempelte den Ärmel seines Hemdes hoch. Auf dem Unterarm hatte er einen tätowierten Dinosaurierkopf. »Mann, was waren wir für ein geiles Team. Wir haben den ganzen Planeten gerockt, kann ich Ihnen sagen. Kennen Sie den Tyrannosaurus Rex?«

»Der aus Jurassic Park? Klar.«

»Den hat meine Abteilung damals entwickelt«, sagte der Verkäufer mit stolz geschwellter Brust.

Kai nickte aufrichtig anerkennend. Dass es tätowierte Typen gab, die Dinosaurier auf die Erde losgelassen hatten, fand er ausgesprochen cool.

»Aber wieso sind die Saurier denn damals ausgestorben?«, wollte Kai wissen.

Die Begeisterung des Verkäufers verschwand schlagartig und wich einem angewiderten Gesicht. »Ach, reden wir lieber nicht drüber. Ist zu frustrierend,« sagte er und wischte mit einem Tuch über den Tresen.

»Oh sorry, ich wollte nicht ...«

»Ach schon gut«, sagte er seufzend. »Wenn Sie es genau wissen wollen, hat unser Abteilungsleiter in der entscheidenden Sitzung damals schlicht und einfach gepennt. Als die Klimaabteilung ihre Änderungspläne vorgestellt hat und sie diesen Unsinn mit diesen Menschen als perspektivischen Lebewesen auf der Erde beschlossen haben, hat er nicht widersprochen. Weil er nicht aufgepasst hat und mit seinem Nebenmann gequatscht hat. Tja, und dann war der Beschluss da und aus war es mit unseren tollen Dinos.«

Die Banalität dieser Geschichte machte Kai aufrichtig betroffen. Dass die Dinos nur deshalb ausgestorben waren, weil ein Verwaltungsblödel nicht die Hand gehoben hatte, war unfassbar. »Unglaublich«, sagte er kopfschüttelnd.

»Nicht wahr?« Der Verkäufer strich sich über die Augen und reichte Kai einen geschmacklosen Kaffee über den Tresen. »Geht aufs Haus«, sagte er und lachte verbittert.

»Und dann standen sie da mit unserer riesigen Abteilung und wussten nicht, wohin mit uns. Wir konnten ja nur Dinos verwalten.«

»Mann, dann müssen Sie ja schon irre alt sein. Die Dinosaurier gibt's ja schon seit Millionen Jahren nicht mehr.«

Er lächelte spöttisch. »Okay, spätestens jetzt glaube ich Ihnen, dass Sie tatsächlich ein Mensch sind. Altern ist eine Erfindung für die Menschenwelt. In unserem Laden hier gibt es etliche Leute, die ihren Job schon ziemlich lange machen.«

Kai musste zugeben, dass sich sein Verstand immer noch heftig dagegen sträubte, dass die Leute im Jenseits einfach irgendwann erschienen, willkürlich aussahen, immer so blieben, wie sie waren und dann irgendwann einfach wieder verschwanden.

»Warum haben sie euch denn nicht einfach abberufen, als die Dinos passé waren? Ist das hier nicht so, dass man irgendwann einfach wieder geht?«

Der Verkäufer zuckte die Schultern. »Wahrscheinlich haben sie sich das nicht getraut. Gab damals ziemlichen Wirbel um die ganze Sache, weil wir ein ziemliches Ansehen genossen. Einen Dino-Verwalter schickte man nicht einfach weg.« Der verletzte Stolz in seiner Stimme war unüberhörbar.

»Und warum hat man euch dann ausgerechnet für das Verkaufen von Nahrung eingesetzt?«

»Keine Ahnung. Wahrscheinlich fiel ihnen auf die Schnelle nichts Besseres ein. Weil man das Prinzip auf der Erde eingeführt hatte, fanden sie es wohl eine ganz pfiffige Idee, das auch bei uns zu machen.«

»Und seitdem verkaufen Sie hier Pizza und Baguettes?« Kai fand die Vorstellung ziemlich bedrückend, dass dieser arme Typ seit Millionen Jahren in diesem Imbiss rumstand und sinnlose Nahrung verkaufte.

»Nein, das hat sich im Laufe der Zeit natürlich entwickelt. Erst gab es nur rohes Fleisch und anderes übles Zeug. Wurde dann immer weiter ausgebaut, eine Zeitlang hatten wir hier richtig gute Küche kann ich ihnen sagen.«

»Das hier sieht aber dem verdächtig ähnlich, was ich aus meiner Welt kenne«, sagte Kai mit Blick auf die Salami-Gerichte.

Der Verkäufer machte eine wegwerfende Handbewegung. »Rationalisierung, Rationalisierung, wo man nur hinguckt. Vor längerer Zeit haben sie einfach die Referate für Nahrungsdesign des Jenseits und der Menschenwelt zusammengeworfen. Seitdem gibt es bei uns das gleiche wie in der Menschenwelt und wieder waren einige ihren Job los und mussten gehen. Und dann wurden die Großküchen konsolidiert, wie das immer so schön heißt. Und heute gibt es nur noch eine einzige für das ganze Jenseits. Und so geht es immer weiter. Es kursiert zurzeit ein Vorschlag, demnächst komplett auf Raumfahrtnahrung umzuschwenken. Sowohl hier als auch in der Menschenwelt. Dann gibt es nur noch Tuben. Was das für den Arbeitsmarkt bedeutet, kann man sich ja an zwei Fingern abzählen.«

Kai wurde schlecht bei der Vorstellung, dass die Menschen bald nur noch eine hochkonzentrierte Nahrungspaste aus Tuben quetschen würden. Vielleicht war es doch gar kein schlechter Zeitpunkt zum Sterben.

»Na, dann esse ich lieber noch schnell eine Salami-Pizza«, sagte Kai. »Auch wenn ich gestehen muss, dass die Dinger ziemlich wenig Geschmack haben.«

Der Verkäufer nahm ein Stück Pizza und hielt es sich angewidert unter die Nase. »Früher haben wir die Zutaten für das Zeug noch aus der Menschenwelt importiert. Aber irgendwann gab es dann Probleme mit den Einfuhrgenehmigungen. Man hat festgestellt, dass alle Importe rechtswidrig waren. Und deshalb wurden alle Importe eingestellt.«

»Und wieso gibt es dann immer noch Nahrung?«, fragte Kai kauend.

»Heute machen sie das alles aus einem Einheitskunststoff.«

Kai verschluckte sich und hustete japsend. »Aus Kunststoff?«, röchelte er, während sich ihm fast der Magen umdrehte.

»Ja. Derselbe, aus dem hier auch die Möbel und das meiste andere ist. Guter Stoff, kann man alles mit nachbilden. Aber wenn man, so wie ich, noch echte Nahrung kennengelernt hat ...« Er verzog das Gesicht und ließ die Plastikpizza in einen Mülleimer fallen.

Kai schob die Pappe mit seinem Stück weit weg und nahm den Kaffeebecher.

»Der ist auch aus dem Zeug«, sagte der Verkäufer lachend.

»Der Becher?«

»Ja, und der Kaffee auch.«

Kai stellte den Becher wieder hin. Er mochte sich lieber nicht vorstellen, wie seine ohnehin empfindliche Verdauung gerade mit dem Plastik kämpfte, dass er in den letzten Tagen unwissentlich in sich hineingestopft hatte.

»Haben Sie vielleicht auch Wasser. Ohne Kunststoff?«, fragte er, weil ihn jetzt ein brennender Durst plagte.

Der Verkäufer ging zu seiner Spüle und füllte einen Becher. »Ich kann für nichts garantieren, aber das müsste noch original sein.«

Vorsichtig nippte Kai an dem Wasser. Seine Geschmacksnerven hatten offenbar ihren Dienst endgültig eingestellt, denn sie meldeten nichts zurück. Aber der Durst war größer als der Widerwille und er trank aus.

Der Verkäufer lachte. »Tja, das hier ist nichts für Feinschmecker. Da legen unsere Leute wenig Wert drauf. Ist ihnen egal, was sie in sich hineinstopfen. Sie könnten es ja auch lassen. Das wissen die meisten nur gar nicht mehr. Dass sie essen, ist nur eine Gewohnheit, die kaum einer hinterfragt.«

Kai spürte einen Druck auf der Blase. »Eine Frage habe ich noch. Wieso gibt es bei euch denn Toiletten? Wenn ihr nichts essen und trinken müsst ...«

Der Verkäufer hob amüsiert die Hände. »Fragen Sie mich das nicht. Ist noch gar nicht so lange her, dass diese Dinger vorgeschrieben wurden. Die neuen Mitarbeiter haben seit dem so eine Art Verdauung mit eingebaut bekommen. Wir sind sozusagen eine Zweiklassengesellschaft. Die Jüngeren können sich anpissen und darauf scheißen, die Älteren behalten alles für sich.«

Kai hatte ausgetrunken und stand auf. »Danke für den Snack. War sehr ... aufschlussreich. Falls ich irgendwann noch mal von der Menschenwelt hierherkomme, bringe ich uns eine XXL-Quattro-Stagioni und einen guten Weißwein mit.«

Der Verkäufer strahlte. »Das wäre was. Vielleicht können wir ja einen kleinen illegalen Handelskanal einrichten.« Er sah sich verschwörerisch um. »Ich habe übrigens schon noch die eine oder andere Quelle für richtig gute Lebensmittel aus der Menschenwelt. Wenn Sie mal wieder vorbeischauen ...«

VERWALTUNGSSCHACH

Marlene ging in seinem Büro auf und ab, als Kai zurückkam. Sein optimistisches Lächeln wirkte nicht sehr überzeugend. Aus einem Schrank holte er zwei der grauen Standard-Anzüge hervor, die fast alle Mitarbeiter des Jenseits trugen.

»Ich wusste gar nicht, dass ihr auch solche Klamotten habt.«

Marlene räusperte sich verlegen. »Haben wir eigentlich auch nicht.«

Kais anerkennenden Blick fand Marlene offenbar nicht aufmunternd. »Die habe ich nur ausgeliehen. Und ordnungsgemäß quittiert«, brummte er.

»Selbstredend. Ich staune ja nur, dass es bei euch Läden gibt, wo man Klamotten leihen kann.«

»Gibt es auch nicht ... ist ja auch egal.«

Der Anzug war ein wenig kurz und zwischen Kais blauen Turnschuhen und der grauen Hose waren seine weißroten Sportsocken zu sehen. Ein Blick zu Marlene zeigt ihm, dass Tauschen wenig Sinn hatte, weil auch er Mühe hatte, die knappe Jacke anzubekommen.

Marlene kramte noch einmal in dem Schrank und befördert eine lange schwarze Indianerperücke hervor, die Marie Versini als Nscho-tschi in Winnetou 1 getragen haben könnte.

»Was soll das denn?«, fragte Kai mit dem schrecklichen Verdacht, dass Marlene ihn auffordern könnte dieses Ding aufzusetzen.

»Die Kollegen in der Aufnahmestelle dürfen dich nicht erkennen. Du bist da schließlich sehr bekannt.«

»Ich will mich ja nicht beschweren ... aber hättest du nicht vielleicht etwas weniger Auffälliges besorgen können?«

Marlene guckte finster. »Entschuldige, wenn ich deinen Geschmack nicht ganz getroffen habe. Es ist leider nicht so, dass es besonders viel Auswahl gab«, grummelte er.

Als Kai etwas erwidern wollte, fuhr er ihm dazwischen: »Nein, du darfst nicht fragen, wo ich die Perücke herhabe. Ich versichere nur, dass alles höchst legal ist.«

Kai hob beschwichtigend die Hände und setzte die Nscho-tschti-Perücke auf. Sein Spiegelbild in der Glasscheibe sah abenteuerlich aus. Wenn die Maskerade den Sinn haben sollte, möglichst unauffällig zu wirken, hätte er auch splitternackt mit einer Papiertüte auf dem Kopf gehen können.

Marlene guckte einigermaßen zufrieden. »So erkennt dich keiner.«

Da konnte Kai ihm nicht widersprechen und er war auch ganz froh, dass ihn in diesem Aufzug keiner erkennen konnte. »Na dann begeben wir uns mal auf den Kriegspfad, was?«

Auf dem Weg zur Aufnahmestelle redete Marlene kein Wort. Das Unbehagen über ihre Mission war ihm deutlich anzumerken.

»Wie willst du die Sache einfädeln?«, fragte Kai.

»Wir werden sehen ...«, sagte der Referatsleiter zerstreut.

Bevor sie die Aufnahmestelle betraten, atmete Marlene noch mal tief durch. »Lass mich das regeln, okay?«

Drinnen erwartete die beiden ein rothäutiger junger Mann, der mit seinen langen schwarzen Haaren als Kais Bruder hätte durchgehen können. Nur dass sein Zopf eindeutig schöner war.

»Guten Tag«, grüßte Marlene höflich und schloss behutsam die Tür.

»Hallo Sportsfreunde«, sagte der junge Mann. Auch wenn Kai sich langsam daran gewöhnt haben sollte, dass Körper und Stimmen im Jenseits wahllos zugeordnet wurden, irritierte ihn die Bart-Simpson-Stimme dieses Indianers.

Marlene begann umständlich ihr Anliegen vorzutragen. Er faselte etwas von Formularprüfung und fragte nach einem Muster des Tickets.

»Sorry, Mann. Aber das kann ich Ihnen nicht geben. Ist ausdrücklich verboten, Tickets außerhalb ihres Bestimmungszwecks wegzugeben.«

»Wir haben damit ja auch nichts vor«, sagte Marlene fast flehend.

»Nichts für ungut, aber das sagen sie alle. Wissen Sie, es hat da mal einen üblen Zwischenfall gegeben. Da haben sich ein paar Typen aus der Waffenentwicklung Tickets organisiert und einen schönen Referatsausflug in das Pazifisten-Szenario gemacht. Sie können sich ja vorstellen, was das für Ärger gab. Seitdem müssen wir mit den Tickets ziemlich sorgfältig sein.«

Marlene machte ein langes Gesicht. »Vielleicht sollte ich mal mit ihrem Vorgesetzten über die Angelegenheit sprechen.«

»Nur zu. Die Abteilungsleiterin ist nicht da, aber ihr Stellvertreter ist da. Sie finden ihn vier Türen weiter.«

Marlene bedankte sich.

»Hey Mann, coole Frisur übrigens«, rief der Indianer Kai nach und zwinkerte ihm vergnügt zu.

Das Zimmer mit dem stellvertretenden Abteilungsleiter hatte ein beeindruckendes Türschild. »Freiherr Karl Friedrich Wilhelm Gustav - Oberregierungsgeneralhauptdirektor« stand dort.

»Wow, da hat der Zufallsgenerator aber einen dollen Namen für den Kerl ausgespuckt«, sagte ich.

»Zufallsgenerator?«, fragte Marlene zerstreut.

»Ich meine ... die Personalabteilung hat da ... also beeindruckender Name ...«, stammelte Kai. Für einen Moment hatte er vergessen, dass die meisten Mitarbeiter im Jenseits nicht wussten, dass fast alle Dinge auf einem Zufallsgenerator basierten.

»Herrrein«, rief der Freiherr mit einem imposant rollenden R in der Bassstimme.

Der große, dunkle Raum war von Rauchschwaden durchzogen. An allen Wänden standen hohe Regale mit Büchern und Akten. Hinter den hoch aufgeschichteten Aktenbergen auf dem Schreibtisch kamen Rauchwolken hervor, die vermuten ließen, dass der Bürobesitzer dort saß.

»Guten Tag, verehrter Freiherr«, sagte Marlene zögernd und spähte durch den Rauch zu den Aktenbergen. Es war ein Knarzen zu hören, dann tauchte über einem Stapel der Kopf eines älteren Herren mit zurückgekämmten grauen Haaren auf. Er trug eine klobige Brille mit dicken Gläsern, die seine Augen ganz klein aussehen ließen.

»Der geschätzte Kollege Marlene. Seien Sie mir willkommen«, sagte der Freiherr und kam um das Aktengebirge herum gedampft. In der einen Hand hielt er eine Pfeife, die den entsetzlich stinkenden Rauch in dem Zimmer produzierte. Der Freiherr deutete eine förmliche Verbeugung an und reichte Marlene die Hand. Der erwiderte ebenfalls mit einer gemessenen Verbeugung. Kai dagegen war für den Freiherrn offenbar Luft. Jedenfalls so lange, bis Marlene auf Kai wies und ihn als den Nachwuchskollegen Erasmus vorstellte. Dann erhielt auch Kai die diplomatisch korrekte Begrüßung, und er bemühte sich um eine ebenso angemessene Erwiderung.

»Was verschafft mir die Ehre Ihres Besuches, werte Kollegen«, fragte der Freiherr und bot Plätze auf einem antiquarischen Sofa an, während er sich auf die Kante eines schweren Ohrensessels setzte. Er hielt seinen Gästen ein Kästchen mit Pfeifen hin, die Marlene aber betont höflich ablehnte.

»Wir kommen in unserer Eigenschaft als Mitglieder der Arbeitsgruppe Formularvereinfachung ...«, setzte Marlene an.

Der Freiherr stieß eine Rauchschwade aus. »Verstehe. Allgemeine Verwaltungsverordnung 38/375 in aktualisierter Fassung«, brummte er beiläufig.

»Eben die«, erwiderte Marlene und nickte anerkennend.

»Ein interessanter Vorgang, muss ich sagen. Auch wenn ich gestehen muss, dass ich mit den Artikeln 4, 7 und folgende einige Probleme habe. Da mangelt es nach meinem Empfinden ein wenig an Präzision. Aber das nur am Rande«, sagte der Freiherr und lächelte nachsichtig.

»Sie kennen sich wie immer bestens aus, verehrter Kollege«, sagte Marlene lächelnd. »Nun, unser Anliegen für heute ist, dass wir aus ihrer fachlichen Zuständigkeit gern ein Formular in die Prüfung nehmen möchten. Ich persönlich glaube ja, dass Ihre Formulare mit Sicherheit jedes Maß an Praxistauglichkeit haben, aber wir müssen selbstverständlich die zufällig ermittelten Formulare aller Fachbereiche genau nach Anweisung prüfen.«

Der Freiherr schmunzelte und paffte. »Die Rechtsgrundlage für diese Auswahl der zu prüfenden Formulare ...«

»... wurde in der Ergänzungsverordnung 38/375-1 näher erläutert«, ergänzte Marlene.

Der Freiherr nickte. »Völlig korrekt, werter Kollege. Nun, um welches unserer Formulare handelt es sich denn?«

Marlene räusperte sich leicht nervös. »Es geht um das Formular EintrVerf H-476i/12c.«

Der Freiherr hob erfreut die Augenbrauen. »Das H476i, verstehe, verstehe.« Er paffte ein paar tiefe Züge aus, während Marlene sichtbar Mühe hatte, sein selbstsicheres Lächeln zu halten.

»Ich fürchte, ich kann Ihrem Anliegen in dieser Form nicht stattgeben«, sagte der Freiherr schließlich mit einer bedauernden Geste. »Es gibt da einige Aspekte, die einem solchen Vorgang widersprechen.«

Marlenes Lächeln wich langsam einem langen verständnislosen Gesicht.

»Nun, sehen Sie, werter Kollege: Da gibt es zum Beispiel unsere abteilungsinterne Dienstanweisung Nummer 78, in deren ersten Abschnitt sehr eindeutig festgelegt ist, dass Formulare für interne Prozesse generell nicht an Dritte weitergegeben werden dürfen.«

Marlene lächelte wieder und machte eine anerkennende Geste. »Ein guter Einwand, geschätzter Kollege. Sie wollen mich aufs Glatteis führen. Aber in der Präambel der 38/375 ist explizit geregelt, dass abteilungsinterne Regelungen vor dieser Verordnung zurücktreten ...«

»... es sei denn, sicherheitsrelevante Belange sprechen dagegen«, sagte der Freiherr mit erhobenem Finger.

»Völlig korrekt«, erwiderte Marlene. »Und dieser Begriff der sicherheitsrelevanten Belange ist vor einiger Zeit mit der Ihnen natürlich bekannten Ergänzungsverordnung 38/375-4 hinreichend präzisiert worden. Die Eintrittsverfügung ist jedoch nicht nur nach meinem Ermessen mit keinem der genannten Ausnahmetatbeständen in ausreichende Deckung zu bringen.«

Der Freiherr lachte vergnügt vor sich hin und neigte den Kopf. »Hervorragend, werter Kollege. Ich war mir sicher, dass ich Ihnen damit nicht würde beikommen können. Sie sind wie immer bestens präpariert.«

Marlene bedankte sich artig für das Kompliment und schmierte den Freiherrn nun ebenfalls umständlich mit Lob und Anerkennung ein.

»Allerdings kann ich Ihnen sagen, dass ich noch den einen oder anderen Pfeil im Köcher habe«, fuhr der Freiherr schließlich fort und erhob sich. Marlene rutschte unruhig auf seinem Platz herum.

Aus einem der dunklen Regale zog der Freiherr einen Ordner und blätterte rauchend darin. »Hier ist es: Verordnung über die Führung amtsrelevanter Dokumentationen in Angelegenheiten überwiegend kulturell gestalteter Szenarien. Ist schon etwas älter, aber ebenfalls eine allgemeine Verwaltungsverordnung, die Sie mit Ihrer 38/375 nicht so einfach aus dem Feld schlagen«, sagte der Freiherr zufrieden und setzte sich wieder. Er gab Marlene den Ordner. »Lesen Sie den Abschnitt 46e. Nach meinem Ermessen fällt unsere EintrVerf unter diesen Passus. Und dann hätten wir mal wieder das Dilemma zweier kollidierender Vorschriften und müssten eine Klärung beauftragen.«

Marlene las die Zeilen und seinem Blick war anzusehen, dass der Freiherr ihn auf dem falschen Fuß erwischt hatte. Doch nach längerem Überlegen hatte er einen Konter parat und argumentierte dagegen, dass das besagte Ticket generell nicht zu den Angelegenheiten überwiegend kulturell gestalteter Szenarien zu rechnen sei.

Kai tat der Rücken von dem unbequemen Sofa weh und in der vollgequalmten Atmosphäre des Zimmers konnte er dem Verwaltungsschach der beiden ohnehin nicht mehr folgen. Eine geschlagene Stunde fochten Marlene und der Freiherr mit dem diplomatischen Florett weiter, und Kai verstand nur Bahnhof. Als er kurz vor dem Ersticken war, hob plötzlich der Freiherr lächelnd beide Hände.

»Sehr schön, verehrter Kollege. Ihnen ist wirklich nicht beizukommen. Nun habe ich aber wirklich alle meine Mittel ausgereizt und gebe mich geschlagen. Ich werde Ihnen ein Musterexemplar der EintrVer auf dem üblichen Dienstwege zusenden.«

»Es wäre mir lieb, wenn Sie uns das Muster gleich mitgeben könnten - gegen ordnungsgemäße Quittung versteht sich.«

Der Freiherr runzelte die Stirn. »Das ist aber gegen das übliche Verfahren. Ich weiß nicht, auf welcher Grundlage ...«

Marlene schaute ihn ratlos an. Er war offenbar erschöpft. Deshalb nahm Kai seinen Mut zusammen und sprang ihm bei.

»Entschuldigen Sie, wenn ich mich ungefragt in diese Diskussion einbringe. Aber ich überlege die ganze Zeit, welche Regelung explizit dagegenspricht, dass Sie uns das Muster direkt aushändigen. Und ich muss gestehen, mir fällt keine ein.«

Der Freiherr verzog kein Gesicht und paffte ein paarmal mit seiner Pfeife. »Ein interessanter Ansatz, wenn auch etwas ... unüblich«, sagte er. »Eine positivistische Grundeinstellung, meinen Sie also? Was nicht ausdrücklich verboten ist, ist erlaubt? Sehr interessant.« Nach einer gefühlten Ewigkeit fuhr er fort. »Nun, ich habe zu meinem Bedauern auch keine Norm parat, die das ausdrücklich verhindert.«

Er stand auf und ging zu seinem Schreibtisch. »Ich kann Ihnen das Formular aber nicht blanko geben. Sie kennen ja die Sicherheitsvorschriften, Missbrauchsprävention.« Er überlegte.

Kai erhob sich mühsam vom Sofa. »Sie können ja einfach klar ersichtliche Musterdaten in das Formular einfügen.«

Der Freiherr sah ihn prüfend an. »Sie sind wirklich sehr forsch, junge Kollege ...«

»Nehmen Sie doch einfach ... Max Mustermann. Das wird doch allgemein gern als Mustername verwendet. Und als Geburtsdatum nehmen Sie einfach. 1.1.2011. Spielt ja keine Rolle.« Kais Nerven waren zum Zerreißen gespannt. Wenn der Freiherr auf seinen Vorschlag einging, hatten sie ein Ticket mit den Daten, die der Popper auch in die Datenbank eingetragen hatte.

Der Freiherr überlegte noch einen Moment, dann füllte er das Ticket an seinem Rechner aus und druckte es. Er zog zielsicher und elegant einen Stempel aus einer langen Reihe und stempelte. In fettem Blau stand nun »MUSTER« oben links in der Ecke des Formulars. Dann reichte er es Marlene, dessen Anspannung von Minute zu Minute gestiegen war. Mit fast zitternder Hand nahm er das Formular und bedankte sich. Nach einer förmlichen Verabschiedungszeremonie konnten Kai und Marlene endlich das diplomatische Parkett verlassen.

Draußen schnappten beide erst einmal nach Luft. Marlene sah um Jahre gealtert aus und Kai war zum Kotzen übel. Kein Wunder, wenn man sich eine qualvolle Ewigkeit Verwaltungsvorschriften um die Ohren hauen lassen musste und dann noch mit Plastiktabak vollgequalmt wurde.

Kai schaute sich das Ticket genauer an. Es war tatsächlich auf den Namen Max Mustermann ausgestellt. Allerdings war das Feld mit dem amtlichen Stempel der Aufnahmestelle leer.

Er schaute Marlene an. Aber der machte einen so erschöpften Eindruck, dass Kai sich nicht traute, ihn anzusprechen.

SINNKRISE

Zurück in den Lotsenbüros zog sich Kai erstmal die Nscho-tschi-Perücke vom juckenden Kopf. Ein Königreich für eine Dusche und etwas Shampoo, dachte er. Aber nach einem Drogeriemarkt brauchte er im Jenseits wohl nicht zu fragen.

Marlene eilte in sein Büro. »Ich muss dringend zur Abteilungsleiterrunde. Und ihr macht bitte keine Dummheiten, okay?«

Kai nickte beschwichtigend und ging dann in Chantals Büro. Der saß, das Kinn in eine Hand gestützt, an seinem Computer und tippte missmutig vor sich hin.

»Wir haben das Ticket!«, rief Kai, während er den grauen Anzug auszog.

»Hmm ...«, sagte Chantal ohne hochzusehen.

»Ist zwar nicht gestempelt, aber immerhin auf den Namen Max Mustermann ausgestellt.«

»Schön«, sagte Chantal tonlos.

»Was ist denn mit dir los?«

»Ach, nichts ...«

Nach jahrelangem Training mit Laura machte Chantal Kai nichts vor. Laura konnte wie kein zweiter Mensch aus allen Poren signalisieren, dass sie sauer und/oder enttäuscht war, ohne mit der Sprache herauszurücken. Offenbar hatte Chantal mit seinem Namen auch weibliche Gene erhalten.

Kai zog sich einen Hocker heran und setzte sich. Augenhöhe war jetzt wichtig.

»Nun erzähl schon. Was ist los?«

Chantal schaute nur trübselig auf seinen Bildschirm.

»Wenn du jetzt ein Mensch wärst und dazu noch eine Frau, würde ich jetzt noch viel Zeit darauf verwenden, behutsam herauszufinden, was dich belastet. Aber du bist kein Mensch, deshalb können wir uns das Theater sparen. Also erzähl.«

Chantal stieß matt die Tastatur weg und seufzte.

Kai trommelte mit den Fingern auf dem Oberschenkel.

»Ich hatte gerade eine Passage ...«

»Wie deprimierend.«

»... und als wir in den Tunnel gestiegen sind, musste ich an deine Behauptung denken, dass die ganzen Schalter keine Funktion haben. Und deshalb habe ich keinen einzigen Schalter auf der Fahrt gedrückt ...«

Den Rest konnte Kai sich denken und Chantal tat ihm leid.

»Es tut mir leid. Ich hätte dir das nicht sagen dürfen«, sagte er mit aufrichtig schlechtem Gewissen - das ganz im Gegensatz zu der geheuchelten Reue stand, mit der er meistens die Streits mit Laura beendet hatte.

Chantal ließ die Schultern hängen. »Ich meine ... was hat das alles noch für einen Sinn?«

»Nimm das nicht so schwer«, sagte Kai. Eine dämliche Bemerkung aus dem Standard-Repertoire des Tröstens, das war ihm klar. Aber etwas Besseres fiel ihm jetzt nicht ein.

Chantal lachte bitter auf. »Hast du dich schon mal gefragt, was die ganze Zwischenstation zum Jenseits soll? Was diese ganzen Leute da auf den Fluren machen?« Er verschränkte die Arme hinter dem Kopf und schaute gequält an die Decke. »So kann man ewig weiterfragen.«

Kai kratzte sich am Kopf. Er wies jetzt besser nicht darauf hin, dass er Chantal seit ihrem ersten Treffen ständig solche Fragen gestellt hatte.

»Wir werden seit Ewigkeiten verarscht. Wer macht so was?« Chantal sah Kai traurig an.

»Na ja, das sind halt über Generationen entwickelte Rituale, die man einfach beibehält und die keiner mehr hinterfragt. Davon gibt es in der Menschenwelt auch jede Menge. Ist doch nicht schlimm.«

Chantal guckte ihn vorwurfsvoll an. »Nicht schlimm? Es ist nicht schlimm, wenn alles, was du tust, völlig sinnlos ist?«

Kai fühlte sich unangenehm an seinen Job an der Uni erinnert. Die endlosen stupiden Versuche im Labor, die nie in einer Studie aufgetaucht waren.

»Euer Job ist doch trotzdem wichtig. Ihr helft den Leuten auf dem Weg hierher. Durch die Zwischenstation würden sie ohne euch doch gar nicht hindurchfinden.«

»Und was ist, wenn das auch alles nur Fake ist? Wenn die ganze Zwischenstation nur als Spielwiese für die doofen Lotsen eingerichtet wurde?« Verzweiflung klang aus Chantals Stimme.

»Das glaube ich nicht«, sagte Kai, obwohl er genau das glaubte. Und Chantals Blick zeigt ihm, dass er das wusste.

»Ihr seid für die Sterbenden in jedem Fall eine große Hilfe. Schließlich ist das für einen Menschen nicht so einfach, mal eben aus dem Leben ins Jenseits zu kommen, also psychologisch gesehen. Da ist es total hilfreich, wenn man jemanden dabeihat.« Oder der einen mal eben eine Brücke runterschubst, dachte Kai.

»Das sagst du doch nur so«, sagte Chantal deprimiert.

Kai weigerte sich, dieses kitschige Gespräch weiterzuführen. Er klopfte dem Lotsen aufmunternd auf die Schulter.

»Ach, komm schon. Lass uns lieber darüber nachdenken, wie wir jetzt weitermachen. Wir haben das Ticket, jetzt müssen wir uns noch etwas mit dem Stempel überlegen.«

Aber Chantal blieb zusammengesackt sitzen. »Woher weißt du, dass das alles nötig ist? Vielleicht braucht man gar nichts und kann einfach so in ein Szenario reinmarschieren.«

»Glaubst du das wirklich?«, fragte Kai etwas genervt. Er konnte es jetzt gar nicht gebrauchen, dass sein wichtigster Helfer durchhing.

»Ich glaube gar nichts mehr. Ist doch alles sinnlos ...«, seufzte Chantal.

»Dann muss ich mir wohl jemand anderen suchen, der mir hilft.« Kai stand auf und ging zur Tür. »Ich kann ja mal Benno fragen.«

Sofort kam wieder Leben in Chantal. Er sprang hoch und rief über die Trennwände hinweg in Bennos Richtung. »Wie sollte Benno dir helfen? Der hilft sich nur selbst.«

Bennos Gesicht erschien über einer Trennwand. Er streckte Chantal die Zunge raus.

»Ich wollte nur sehen, ob du noch da bist«, rief Chantal. »Würde man gar nicht merken, wenn du plötzlich weg wärst.«

Kai nahm das Ticketmuster heraus und legte es behutsam auf den Tisch.

Chantal sah das Formular prüfend an. »Da steht ja fett Muster drauf. Was willst du damit anfangen. Den Daumen draufhalten, wenn du es vorzeigst?«

»Blödsinn, das machen wir weg. Ich brauche eine Rasierklinge, eine Pipette und ein weiches Tuch. Kannst du sowas besorgen?«

Chantal zuckte mit den Schultern. »Wo soll ich das hernehmen? Du weißt ja, dass die Shopping-Möglichkeiten des Jenseits begrenzt sind.«

»Soll ich Benno fragen?«

»Schon gut, schon gut. Vielleicht wissen Adolf und die anderen ja was.« Chantal ging missmutig davon.

Kai machte sich auf den Weg in den Innenhof zu dem Imbissstand.

»Hallo der Herr. Na, schon wieder Appetit?«, fragte der langhaarige Verkäufer vergnügt. Er hatte gerade einem kahlköpfigen dicken Mann ein ganzes Tablett mit Salamipizza rübergeschoben.

Kai beugte sich vor, damit der Dicke ihn nicht hören konnte. »Sie sagten doch, dass Sie auch Lebensmittel aus der Menschenwelt organisieren können.«

»Hab ich das?«, sagte der Verkäufer mit Blick auf den Dicken, der sich langsam entfernte.

»Ich brauche dringend eine Zitrone. Können Sie mir eine besorgen?«

»Eine Zitrone?«, fragte der Verkäufer belustigt. »Na, wenn's weiter nichts ist.« Er tippte sich an die Stirn. »Wie soll ich denn an eine Zitrone rankommen. Ein paar Nudeln oder ein Ei sind drin, aber eine Zitrone ... völlig aussichtslos.«

Kai machte ein enttäuschtes Gesicht. »Schade. Ich hatte gedacht, wenn es hier jemanden gibt, der das or-

ganisieren kann, dann doch wohl einer aus der legendä-
ren Dino-Abteilung.«

Der Verkäufer verzog ärgerlich das Gesicht.

Kai wandte sich zum Gehen. »Na, nichts für ungut.«

Er war schon einige Meter gegangen, als der Verkäufer ihm nachrief.

»Eine Zitrone? Wann?«

Kai blieb stehen und unterdrückte ein Grinsen. Er
drehte sich wieder um.

»In zwei Stunden spätestens. Aber ich weiß, dass das
unmöglich ist.«

Der Verkäufer lachte verächtlich auf. »Kommen Sie
in zwei Stunden nochmal vorbei.«

Einige Stunden später saß Kai an Chantals Schreibtisch,
vor sich eine ausgepresste Zitrone, eine Pipette mit Ori-
ginal-Menschenwelt-Zitronensaft, einem weichen Tuch
und einer Rasierklinge. Um ihn herum standen all die
Lotsen.

»Dann wollen wir mal«, sagte Kai zuversichtlich.

»Hast du so was schon mal gemacht?«, fragt N.N.

»Na logo«, sagte Kai lässig, auch wenn sich seine Erfahrungen als Fälscher auf das Nachahmen der Unterschrift seiner Mutter unter Entschuldigungen für die
Schule beschränkten.

»Dir ist klar, dass du nur einen Versuch hast«, meinte Chantal angespannt. »Also verpatz es nicht.«

Kai sah ihn genervt an. »Danke für dein grenzenloses
Vertrauen. Da geht einem das richtig leicht von der
Hand.«

»Ich meine ja bloß ...« Chantal ging unruhig im
Raum auf und ab.

Marlene schlug die Hände vors Gesicht. »Urkundenfälschung ... in meiner Abteilung«, stöhnte er und ging aus dem Büro.

Kai nahm die Pipette und ließ einen Tropfen Zitronensaft auf den ersten Buchstaben des Stempels tropfen. Sofort füllte sich der Tropfen mit blauer Stempelfarbe, und Kai tupfte ihn vorsichtig weg. Danach wischte er vorsichtig noch mal über das M, das danach nur noch ganz schwach zu sehen war.

»Aber das kann man ja noch total sehen«, rief Chantal.

»Ich bin ja auch noch nicht fertig, du Schlauberger. Halt einfach mal die Klappe«, fuhr Kai ihn an.

Eine geschlagene Stunde und drei verbale Scharmützel mit Chantal später hatte Kai alle sechs Buchstaben des Stempels mit dem Zitronensaft bearbeitet. Nur noch ein blasser blauer Schimmer war zu sehen.

»Wenn man nicht weiß, dass da mal ein Stempel war, könnte das klappen«, meinte Adolf anerkennend.

»Blödsinn. Das sieht man auf drei Kilometer, dass da was nicht koscher ist«, entgegnete Chantal.

Kai ging nicht auf ihn ein und legte das Formular zum Trocknen und Pressen zwischen zwei große Aktenstapel.

»Jetzt brauchen wir noch eine Vorlage für den Stempel der Aufnahmestelle«, sagte Kai.

»Schon erledigt«, sagte N.N. und entfaltete ein Papier, auf dem ein großer runder Stempel prangte.

»Wie hast du den bekommen? Bist du wieder einfach hingegangen und hast gefragt, ob sie dir einen Stempel geben?«, fragte Chantal verblüfft.

»So ähnlich«, sagte N.N. »Ich habe einfach die Vorschriftenkopie zurückgebracht und mir eine Quittung für die Rückgabe ausstellen lassen. Unterschrieben und gestempelt.«

Kai sah sich den Stempel an. Er war zum Glück nicht sehr aufwändig gemacht, aber die krakelige Unterschrift störte das Bild etwas.

Als das Ticket getrocknet war, kratzte Kai mit der Rasierklinge sehr vorsichtig die oberste Papierschicht an den Stellen ab, wo der Muster-Stempel gesessen hatte. Danach begutachtete er sein Werk. Das Papier war an der betreffenden Stelle etwas wellig, dünner und - wenn man genau hinsah - mit einem hellblauen Hauch, aber für einen ahnungslosen Betrachter könnte das reichen.

Chantal wollte gerade etwas sagen, aber Adolf haute ihm vor die Brust und nickte anerkennend.

In den folgenden Stunden pauste Kai den Stempel der Aufnahmestelle durch. Zunächst hauchdünn die Konturen mit Bleistift und dann füllte er die Konturen Millimeter für Millimeter mit blauer Stempelfarbe. Er hatte es früher in der Schule geliebt, stupide Reproduktionsarbeiten im Kunstunterricht zu machen. Seine Kunstlehrerin hatte ihm immer großes Geschick und viel Geduld attestiert. Allerdings hatte er trotzdem nie mehr als ein 'Befriedigend' bekommen, weil die Lehrerin von seinem Mangel an Kreativität enttäuscht war.

Die Lotsen kamen zwischen ihren Passagen immer mal wieder vorbei, um sich über seine Fortschritte zu informieren. Als Chantal einmal auftauchte, ließ er sich lustlos in einen Stuhl fallen. Er hatte einen dicken Kratzer auf der Wange und sein T-Shirt hing ihm ausgeleiert am Körper.

»Was ist passiert?«, fragte Kai erstaunt.

»Alles Ignoranten, Schwachköpfe«, fluchte Chantal und rieb sich die Schläfen. »Ich habe den Typen in der Zwischenstation mal die Meinung gesagt. Dass sie alle nichts weiter als überflüssige Staffage sind und dass es scheißegal ist, ob sie ihren Job da machen oder nicht. Da sind die richtig aggressiv geworden.«

Kai schüttelte mitleidig den Kopf. »Lass es lieber.«

Aber Chantal ballte die Fäuste. »Das wollen wir ja noch mal sehen. Ich werde jetzt Antworten fordern und Normenkontrollen einfordern! Ich gebe keine Ruhe, bevor dieser absurde Zirkus aufgeräumt ist!«, sagte er kämpferisch und fing an, vor sich hin fluchend in seinen Computer zu tippen.

Kai sah ihm eine Weile nachdenklich zu. Wohin sollte das führen, wenn hier im Jenseits plötzlich jemand anfing, alles zu hinterfragen?

Er widmete sich wieder dem Stempel, den er nun fast fertig hatte. Um die allzu glatten Kanten etwas echter wirken zu lassen, besorgte er sich beim Imbiss ein Salamistück und verschmierte damit die Ränder des Stempels, der nun wie unsauber hingeknallt aussah. Insgesamt ein passables Ergebnis, fand Kai.

»Könnte klappen«, meinte Adolf, als er über die Trennwand das Ergebnis begutachtete. Einige Boxen weiter schaute Benno kurz hervor, verschwand dann aber gleich wieder.

Chantal war ganz in seine Anfragen und Normenkontrollanträge vertieft. Erst als er die ersten davon abgeschickt hatte, warf auch er einen Blick auf das Ticket.

»Der Stempel ist ja total verschmiert und das Wort Muster kann man immer noch lesen. Aber ist ja auch egal«, sagte er abwesend und drehte sich wieder seinem Computer zu.

»Was ist denn mit dem los?«, fragte Adolf stirnrunzelnd.

»Kleine Identitätskrise, nichts Ernstes«, raunte Kai ihm schnell zu. »Sprich ihn besser nicht drauf an.«

Adolf zuckte verständnislos die Schultern.

In diesem Moment kam Marlene in die Bürobox. Sein Gesicht war ausnahmsweise Mal nicht lang und betrübt, sondern ärgerlich gepresst.

»Chantal, was soll der Unsinn?«, fragte er scharf.

Chantal drehte sich gelangweilt um. »Was meinst du?«

»Na dieser Unsinn mit deiner Anfrage und der Normenkontrolle. Wir haben schon genug Ärger. Da können wir sowas nicht auch noch gebrauchen«, fauchte Marlene. So kannte Kai ihn gar nicht.

»Ich nehme nur meine Rechte wahr«, erwiderte Chantal und verschränkte die Arme vor der Brust.

»Seit wann haben wir Rechte?«, fragte Adolf belustigt.

»Du kennst die Vorschriften nicht, mein Lieber«, sagte Chantal finster. »Jeder von uns kann kleine Anfragen mit bis zu drei Fragen stellen und muss eine Antwort bekommen: GdV §134. Und jeder kann Normen kontrollieren lassen: GdV §141.«

Adolf kratzte sich am Bart. »So weit habe ich die GdV ehrlich gesagt noch nie durchgelesen.«

»Solltest du aber, damit du deine Rechte kennst.«

Marlene verdrehte die Augen. »Natürlich ist es dein gutes Recht, aber ...«

»... aber du willst mir mein Recht verweigern«, ergänzte Chantal trotzig.

»Nein, natürlich nicht. Aber können wir uns damit nicht beschäftigen, wenn wir die Sache mit Kai aus der Welt geschafft haben?« Marlene schaute jetzt wieder leidend.

Chantal blieb in Trotzhaltung und sagte nichts.

»Und außerdem: Was sollen diese Fragen? Ist die Zwischenstation zum Jenseits für den Eintritt ins Jenseits zwingend notwendig? Wenn ja, welche Funktion hat sie? Haben die Schalter im Tunnelsystem Einfluss auf das Ziel der Passagiere?« Marlene seufzte schwer.

»Genau das will ich wissen«, beharrte Chantal. Adolf sah ihn verwundert an.

Marlene ließ die Schultern sinken. »Du weißt, was dabei herauskommt. Nachfragen, Konkretisierungsanforderungen, Schriftverkehr hin und her - also jede Menge zusätzliche Arbeit. Und wer weiß, in wie vielen Jahren du eine Antwort erhältst.«

Chantal saß immer noch bockig da. »Ich fordere nur mein Recht ein.«

Marlene sah hilfesuchend zu den anderen. Adolf und N.N. verstanden aber ganz offensichtlich nicht, worum es überhaupt ging.

Kai spürte mit einem leichten Kribbeln die Ungeduld in sich aufsteigen. Warum musste Chantal gerade jetzt den großen Systemkritiker in sich entdecken. Er zwang sich zu einem versöhnlichen Lächeln. »Lasst uns einen Kompromiss schließen. Marlene leitet Chantals Fragen weiter. Aber erst, wenn Chantal mitgeholfen hat, dass der Zwischenfall mit mir aus der Welt geschafft ist. Okay?«

»Ja, ja. Es geht immer nur um dich«, brummelte Chantal und Marlene schüttelte den Kopf.

Kai atmete tief durch. »Bei mir ist auch ein klein wenig mehr Zeitdruck da«, sagte er ruhig. »Also, seid ihr einverstanden?«

Chantal und Marlene nickten missmutig.

HAUSTECHNIKER

»Danke«, seufzte Kai. »Dann lasst uns mal wieder überlegen. Wir haben einen sauberen Datensatz im System der Aufnahmestelle auf den Namen Max Mustermann. Und wir haben ein Ticket ebenfalls auf den Namen Max Mustermann. Damit haben wir alle formellen Voraussetzungen erfüllt.«

Alle nickten.

»Bleibt nur die Frage, wie ich jetzt zu dem Szenario komme«, stellte Kai fest und wieder nickten alle schweigend.

»Das Problem ist, dass wir nicht wissen, wie oder besser wo es in der Aufnahmestelle weitergeht«, sagte Adolf. »Ich weiß nur, dass sie die Sterbenden nach der Aufnahme durch eine Tür in einen Nebenraum bringen. Aber was da passiert ...« Er zuckte mit den Schultern.

»Hier steht dazu auch nicht wirklich viel«, brummte N.N. und blätterte in einer Kopie der Vorschriften der Aufnahmestelle. »Es heißt nur, dass der Sterbende mit Ticket an die Guards des Transportservice zu übergeben ist.«

»Transportservice?«, fragte Kai.

»Irgendwie müssen die Sterbenden ja zu ihrem Szenario kommen. Aber wie das vor sich geht, steht hier nicht. Bei der Übergabe endet die Zuständigkeit der Aufnahmestelle.« N.N. warf die Vorschriften auf den Tisch und stieß sich von der Wand ab. »Dann müssen wir wohl ein wenig recherchieren. Ich versuche in der

Aufnahmestelle etwas herauszufinden.«

»Kai und ich kommen mit«, sagte Chantal immer noch missmutig. »Ist besser als in diesem absurden System sinnlose Passagen zu begleiten.«

Auf dem Flur vor der Aufnahmestelle blieben sie stehen. »Wartet besser einen Flur weiter. Es ist zu verdächtig, wenn wir zu oft mit mehreren Leuten außer der Reihe aufkreuzen. Und Kai kann sich da eh nicht sehen lassen«, meinte N.N.

Chantal und Kai gingen in einen Nebenflur und setzten sich auf eine Fensterbank.

»Ich habe das alles so satt«, seufzte Chantal frustriert. »Kennst du das, wenn einem die Motivation für alles total flöten gegangen ist?«

Kai schaute ihn mitleidig an. »Und wie. Was meinst du, warum sich Menschen abends auf eine Brücke setzen und überlegen, ob sie da runterspringen? Da brauchte es schon eine ausgeprägte Sinnkrise.«

Chantal schaute nachdenklich aus dem Fenster. »Ihr habt es gut. Ihr habt immerhin die Illusion, dass ihr selbst entscheiden könnt, ob ihr einfach Schluss macht. Wir könnten uns von Brücken stürzen so oft wir wollen, ohne dass es was nützen würde.«

Kai seufzte. »Tja, man sollte seine Illusionen hüten wie ein rohes Ei. Weiß man leider erst dann, wenn sie kaputtgegangen sind.«

Zwei Männer in blauen Arbeitsoveralls kamen mit einer Leiter und einem Rollwagen um die Ecke. Der eine stieg auf die Leiter und hielt ein Messgerät an die Deckenleuchte. »Okay«, sagte er nach einem Blick auf die Skala. Der andere Mann reichte ihm einen Aufkleber, den er an der Lampe anbrachte.

»Darf man wissen, was ihr da macht? Sieht mal wieder nach einer neuen Vorschrift aus«, sagte Chantal grinsend.

Der Mann auf der Leiter guckte zu ihm runter und zuckte die Schultern. »Stimmt. Die Leuchtmittel in allen Gebäuden müssen jetzt regelmäßig überprüft werden«, sagte er und stieg hinunter.

»Jede einzelne Birne in allen Gebäuden?«, fragte Chantal ungläubig.

Der Blaumann setzte sich auf die Leiter und sein Kollege stützte sich auf seinen Rollwagen. »Allerdings, jede verfluchte Funzel. Könnt ihr euch vorstellen, wieviel Arbeit das macht?«

Chantal nickte beeindruckt. »Da kommt schon was zusammen.«

»Wir haben das mal für unser Haus hier überschlagen. Da kommen wir auf über 10.000 Leuchtmittel. Wenn ihr mich fragt, ist das Ganze Irrsinn. Aber mich fragt ja keiner.« Er wischte sich mit dem Ärmel über die Stirn.

»Ist ja auch nicht so, dass wir vom Facility-Service sonst nichts zu tun hätten«, meinte sein Kollege spöttisch.

»Hat es einen Grund, warum ihr das jetzt machen müsst?«, fragte Kai kopfschüttelnd.

»Na, weil es eine neue Sicherheitsverordnung gibt. Von wegen Brandschutz und sowas.«

»Aber das ist nur die offizielle Begründung«, sagte der Rollwagenmann geringschätzig.

Chantal lachte auf. »Na, erzähl schon.«

Der Rollwagenmann räusperte sich. »Blöder Zufall. Zwei Leuchten auf einer Toilette haben vor einiger

Zeit gleichzeitig den Geist aufgegeben. Dumm war, dass gerade irgendein hohes Tier beim Pinkeln stand und sich im Dunkeln auf seine edlen Schühchen gepisst hat.«

Der Leitermann lachte heiser und machte eine wegwerfende Handbewegung. »Und schwupps gibt es eine neue Verordnung. Und wir dürfen das Ganze wieder ausbaden.«

Chantal stupste Kai an. »Da kann man mal wieder sehen, wie absurd das Ganze hier organisiert ist.«

Kai nickte. »Nicht nur hier.«

Die beiden Blaumänner machten sich an die nächste Lampe. N.N. kam um die Ecke und winkte Kai und Chantal zu sich.

»Ich habe nicht viel herausbekommen, weil ich das Gespräch mit den Aufnahmestellenleuten nicht ewig hinziehen konnte«, sagte sie, als die drei hinaus in den Park gingen. »Die Sterbenden bekommen ein farbiges Armband um, das sie irgendwo unter dem Tresen herausholen. Danach werden sie in das Nebenzimmer gebracht. Ich konnte nicht sehen, wie es da weitergeht.«

»Warum hast du sie nicht einfach gefragt?«, warf Chantal ein.

»Hab ich. Aber das dürfen sie nicht erzählen.«

Chantal überlegte. »Also haben wir zwei Aufgaben: Kai muss so ein Armband bekommen und wir müssen irgendwie in das Hinterzimmer, um herauszubekommen, wo sie die Sterbenden hinschaffen.«

»Unmöglich, die Zwischentür kann man nur mit einem Schlüssel öffnen«, sagte N.N.

»Kann man das Band klauen?«, fragte Kai, der sich nachdenkend an die Nase tippte.

»Ich wüsste nicht, wie ...«, meinte N.N. »Erstens wissen wir nicht, wo genau die Armbänder im Tresen liegen und zweitens sind immer mindestens zwei Leute von denen im Raum.«

Kai dachte nach. Ein Feueralarm oder ein Stromausfall vielleicht? Plötzlich schlug er sich auf den Oberschenkel. »Na klar!«, rief er. »Chantal, du wolltest doch die ganze Zeit schon mal Gewalt anwenden, oder? Jetzt ist es soweit.«

Chantal sah ihn überrascht an. »Ja sicher, aber wie ... was ...«

»Kommt mit«, sagte Kai. Er lief in das Gebäude der Aufnahmestelle und bog in den Flur ab, in dem er und Chantal gewartet hatten. Am Ende des langen Ganges waren die beiden Haustechniker mit dem Prüfen der Deckenleuchten beschäftigt.

»Die beiden schnappen wir uns«, flüsterte Kai. »Ich behalte die beiden im Auge. Und ihr besorgt Fesseln und Knebel. Okay?«

»Wo sollen wir das hernehmen?«, raunte N.N.

»Fragt Marlene. Aber sagt ihm nicht, wofür wir das Zeug brauchen. Ach so, und fragt ihn nach einer oder zwei Perücken. Wenn er behauptet, sowas habe er nicht, sagt ihm, es sei wichtig.«

Eine halbe Stunde später hatten N.N. und Chantal tatsächlich etwas gefunden. Aus ihren Büros hatten sie kurzerhand lange Netzwerkkabel aus den Kabelschächten gerissen. Als Knebel hatten sie zwei der Einheitskrawatten organisiert, die so viele Leute im Jenseits trugen. Und die schwarzhaarige Nscho-tschi-Perücke hatten sie auch dabei.

Kai hatte inzwischen die beiden Techniker weiter durch die Gänge verfolgt. »Wir locken sie in einen Hinterhalt«, sagte er und deutete auf eine Toilettentür. »N.N., du lockst die beiden nacheinander hier herein. Chantal und ich warten da drinnen. Sag ihnen, dass in der Toilette das Licht nicht geht und frag, ob einer sich das mal ansehen könnte.«

Kai zog Chantal mit in den Toilettenraum. Chantal war so begeistert, dass er sich aufgeregt die Details seines ersten gewaltsamen Überfalls ausmalte. »Endlich mal was los in dieser verlogenen Bude«, rief er überdreht.

»Halt jetzt endlich mal die Klappe«, sagte Kai genervt, der genug damit zu tun hatte, seine eigene Nervosität im Griff zu behalten.

»Wieso, ist doch ein Kinderspiel«, lachte Chantal und schlug sich in die Faust.

Kai drängte ihn in eine der Kabinen.

Sie hörten draußen im Vorraum die Tür gehen. Eine Sekunde später kamen zwei Personen in die Toilette.

»Wo denn? Die Lichter gehen doch alle«, hörten sie den mürrischen Haustechniker sagen.

»Komisch. Die hier oben ging gerade nicht«, sagte N.N. nervös.

Kai riss die Kabinentür auf, die er dabei Chantal an den Kopf knallte.

»Aua, verdammte Scheiße«, schrie Chantal und hielt sich den Kopf. Kai stürzte sich auf den verdutzten Haustechniker. Er schlang beide Arme um den Körper des Mannes, und N.N. hielt ihm den Mund zu.

»Jetzt mach schon«, zischte Kai Chantal zu, der sich den Kopf hielt. »Ich kann den Kerl nicht ewig festhalten!« Der Haustechniker wehrte sich nun vehement und versuchte zu schreien.

Chantal kam endlich aus der Kabine und holte zu einem kräftigen Fausthieb aus.

»Du sollst ihn fesseln und knebeln, du Idiot!«, keuchte Kai. Aber Chantal war so versessen auf Gewalt, dass er zuschlug. Der Hieb traf aber eher die Schulter von Kai als den Kopf des Technikers.

Immerhin hatte der Faustschlag den Mann so verwirrt, dass sein Widerstand kurz nachließ, so dass Kai ihm die Hände auf den Rücken reißen konnte, wo Chantal sie mit zwei Kabeln fest zusammenband. Danach knebelten sie den Mann mit einer Krawatte. Er gab grunzende Geräusche von sich. Kai stieß ihn in eine Kabine, wo er polternd mit den Füßen um sich trat.

»Bist du völlig bescheuert!«, fuhr N.N. Chantal an, der enttäuscht auf seine Hand schaute, deren Schlag nicht die erhoffte Wirkung gehabt hatte. »Was soll der Mist! Müssen wir dir etwa erklären, dass das kein Mensch ist und du ihn nicht k.o. schlagen kannst?«

»Jetzt hol den anderen, N.N. Sag ihm, sein Kollege braucht Unterstützung«, sagte Kai. »Wir lauern ihm diesmal direkt an der Eingangstür zum Vorraum auf. Der andere Bursche macht zu viel Lärm«, fuhr er an Chantal gewandt fort. »Und vielleicht hast du ja die Güte, ihn diesmal gleich zu fesseln, statt sinnlos auf ihn einzuprügeln.«

Chantal rollte genervt die Augen. »Schon gut, großer Meister«, murmelte er.

Wenige Minuten später betrat der zweite Haustechniker die Toilette. Er war so perplex, als er das Lärmen seines Kollegen in der Toilettenkabine hörte, dass Kai und die anderen ihn schnell überwältigen und fesseln konnten.

Es kostete sie allerdings viel Geschick und die zusätzliche Kraft von Adolf und Elvis, um den beiden Haustechnikern gegen ihren Widerstand die Blaumänner auszuziehen und sie wieder gefesselt und geknebelt in die Kabinen einzusperren.

Als sie es geschafft hatten, zogen sich Chantal und Kai die Blaumänner über und alle verließen die Toilette. Mit dem Generalschlüssel, den sie bei einem der Techniker gefunden hatten, schlossen sie die Toilettentür ab und hängten einen »Defekt«-Zettel an die Tür.

Kai horchte noch einmal an der Tür. Ganz leise waren die Tritte und die gedämpften Schreie der beiden Gefangenen zu hören. »Wir müssen uns beeilen. Es wird nicht ewig dauern, bis jemand die beiden hört und Hilfe ruft.«

Er warf Chantal die Nscho-tschi-Perücke zu.

»Was soll ich damit?«

»Bestimmt nicht aufessen. Blöde Frage. Setz das Ding auf!«

»Warum soll ich sowas albernes aufsetzen. Kannst du ja machen.« Chantal warf Kai die Perücke zurück, die der postwendend zurückfeuerte.

»Jetzt stell dich nicht an, Blödmann. In der Aufnahmestelle kennt dich doch jede Sau. Oder willst du denen erzählen, du hättest einen neuen Job?«

Chantal warf trotzig die Perücke von sich. »Dich kennen Sie da doch auch.«

»Ja, aber ich war erst einmal da, mein Gesicht haben die noch nicht alle gespeichert. Außerdem setze ich das hier auf.« Er nahm ein blaues Baseball-Cap und eine durchsichtige Schutzbrille von dem Werkstattwagen. Wieder flog die Perücke hin und her.

»Die Brille kann ich doch auch aufsetzen«, murrte Chantal.

»Wollen wir jetzt noch viel Zeit verplempern, du sturer Bock? Ich war schon mal mit der Perücke in der Aufnahmestelle. Wenn der gleiche Typ dort Dienst hat wie damals, erkennt der mich sofort.«

Es ging noch ein paarmal hin und her und endete schließlich wieder in dem Grundsatzstreit, ob Kai damals von der Brücke gefallen war oder ob Chantal ihn gestoßen hatte.

Mit der Leiter und dem Werkstattwagen machten sich Kai und Chantal auf den Weg zur Aufnahmestelle.

Kai schnaufte noch einmal durch und nickte Chantal entschlossen zu, der immer noch äußerst beleidigt unter seinen langen schwarzen Haaren hervorblickte. Dann betraten sie die Aufnahmestelle.

»Hallo, wir sind vom Facility Management und sollen die Lampen in euren Räumen überprüfen«, sagte Chantal gelangweilt und hielt den überraschten Mitarbeitern am Aufnahmetresen ein Klemmbrett hin, welches er auf dem Werkstattwagen gefunden hatte. Dort waren alle Lampen verzeichnet, die bereits geprüft worden waren. »Ist eine neue Verordnung, habt ihr bestimmt schon von gehört.«

Der Mitarbeiter guckte irritiert von Chantal zu Kai herüber, der mit seiner Schutzbrille ziemlich bescheuert aussah.

Chantal ging hinter den Tresen und klappte seine Leiter auf und stieg die erste Stufe hinauf. »Einmal

Check bitte. Aus- und wieder anmachen«, kommandierte er Kai rüde, der das Licht ausschaltete. Es wurde stockdunkel in dem Raum, der kein Fenster hatte.

»Okay, jetzt zehn Sekunden warten, dann wieder einschalten«, hörte man Chantal mit einem Gähnen sagen. Während der Wartezeit hörte Kai deutlich die verdächtigen Geräusche und hoffte, dass die beiden Mitarbeiter der Aufnahmestelle sich keinen Reim darauf machten, was Chantal in der Dunkelheit machte.

»Gut. Licht an!«, sagte Chantal, der gelangweilt an seiner Leiter stand. »Sieht gut aus. Reich mir mal eine Prüfplakette.« Kai suchte einen Aufkleber heraus.

»Geht's auch schneller?«, fauchte Chantal, der Kai den Aufkleber aus der Hand riss und ihn neben der Lampe an die Decke klebte. »Immer diese Anfänger ...«, sagte Chantal kopfschüttelnd in Richtung des Aufnahmestellen-Mitarbeiters.

Kai unterdrückte ein gereiztes Kribbeln in seiner Brust. Jetzt war nicht der richtige Zeitpunkt für ein Scharmützel mit Chantal.

»Wieso trägt ihr Kollege denn eine Schutzbrille?«, fragte einer der Aufnahmestellen-Mitarbeiter belustigt.

Chantal grinste verächtlich. »Der ist noch ganz neu. Frischlinge müssen die erste Zeit noch Brille und eigentlich auch Handschuhe tragen. Na ja, die Handschuhe habe ich ihm erlassen, sonst dauert's noch länger.«

Die Aufnahmestellen-Mitarbeiter lachten spöttisch, und Chantal bedeutete ihnen mit einer Geste, dass Kai nicht der Hellste sei.

»Prima, dann müssen wir noch in dem Raum dort das Licht prüfen«, sagte Chantal dann und deutete auf die Tür zum Nebenraum.

»Da dürfen wir aber eigentlich keinen reinlassen«, sagte einer der beiden Aufnahmestellen-Mitarbeiter.

Chantal guckte betont genervt. »Willst du erst Papa fragen, oder was? Wir laufen hier durch alle Räume und haben keine Zeit, überall darauf zu warten, bis alle die neuen Vorschriften gelesen haben. Vielleicht weißt du ja, dass alle Mitarbeiter die Pflicht haben, jeden Tag die neuen Verordnungen im Intranet zu lesen.«

»Schon gut, schon gut«, murmelte der Aufnahmestellen-Mitarbeiter verlegen und machte den Weg zum Nebenraum frei.

Kai und Chantal machten sich in dem Nebenraum an der Deckenleuchte zu schaffen und blickten sich dabei um. Am Ende des länglichen Raumes war eine breite Tür ohne Griff. Ansonsten standen an den Wänden ein paar Besucherstühle.

»Hmm, das sieht so aus, als ob das Leuchtmittel ausgetauscht werden muss«, brummte Chantal und fummelte an der Lampe herum. »Haben wir so eine noch dabei?«, fragte er Kai.

Kai öffnete den Werkstattwagen und sah hinein. Auf einem Stapel verschiedener Leuchtmittel lag ein zusammengefalteter Plan. Er legte ihn auf den Wagen.

»Ich habe gefragt, ob wir so eine dabeihaben?«, wiederholte Chantal genervt. Kai kochte innerlich und drückte Chantal grob eine Leuchte in die Hand, die dieser umständlich auspackte.

Die Tür am Ende des Raumes ging auf und ein dicker farbiger Mann sowie eine blonde Frau kamen herein.

»Mahlzeit«, grüßte der Dicke und schaute überrascht auf Kai und Chantal.

»Haustechnik«, sagte der Aufnahmestellen-Mitarbeiter mürrisch. »Ich habe momentan keine Passage für euch, sorry. War ein Fehlalarm. Die beiden Techniker sind durch die Lichtschranke gelaufen. Tut mir leid, dass ihr euch umsonst auf den Weg gemacht habt.«

Der Dicke schnaufte. „Wer hat sich das mit der Lichtschranke bloß ausgedacht? Warum machen sie es nicht wie früher, als ihr angerufen habt, wenn ihr Arbeit für uns hattet?«

Der Aufnahmestellen-Mitarbeiter hob entschuldigend die Hände. „Die Lichtschranke ist nun mal vorgeschrieben. In der Arbeitsanweisung schreiben sie, dass damit wertvolle Zeit eingespart werden soll. Die paar Sekunden, die wir für einen Anruf brauchen, sind den hohen Herren offenbar schon zu viel.«

„Und sowas nennen sie dann wieder Prozessoptimierung«, grummelte der Dicke. „Komm, wir gehen wieder«, sagte er zu seiner Kollegin und die beiden schlossen die Tür hinter sich.

Kai hatte versucht zu sehen, was sich hinter der Tür verbarg, aber er hatte nur einen der typischen langen Korridore gesehen. Wohin der führte, war nicht zu erkennen.

„Gut, soweit okay«, sagte Chantal und brachte einen Aufkleber neben der Lampe an. Er deutete auf die Tür, durch die die beiden Sterbebegleiter gerade verschwunden waren. „Dann könnten wir ja gleich mal da drinnen weitermachen«, sagte er.

Der Aufnahmestellen-Mitarbeiter schüttelte den Kopf. „Unser Zuständigkeitsbereich endet an der Tür. Da habe ich weder Befugnis noch einen Schlüssel.«

„Aha«, brummte Chantal. „Wen müssen wir denn da ansprechen?«

„Die Guards, würde ich vermuten.«

„Na, dann machen wir erst mal auf dem Flur weiter«, sagte Chantal und klappte seine Leiter zusammen. „Du, mitkommen!«, sagte der grob zu Kai.

»Was soll dieser Scheiß jetzt schon wieder? Warum kommandierst du mich so rum?«, fragte Kai wütend und stieß Chantal gegen die Brust, als sie draußen auf dem Flur standen.

»Weil das überzeugender rüberkommt. Als tumber Hiwi bist du nämlich am authentischsten.«

Kai holte Luft zu einer deftigen Antwort.

„Was nun? Immerhin habe ich das Armband«, sagte Chantal triumphierend und ließ das gelbe Plastikband in der Luft baumeln.

Kai schluckte seinen Ärger herunter und studierte aufmerksam den Plan, den er im Werkstattwagen gefunden hatte. „Das ist ein Gebäudeplan«, sagte er und versuchte sich zu orientieren. Nach einigem Suchen fand er ihren Standpunkt und die Aufnahmestelle. „Guck mal hier. Da ist der Vorderraum, hier das Hinterzimmer und hier ist die Tür, durch die die beiden Guards verschwunden sind.« Doch der Plan zeigte nur, dass der Gang nach einer Ecke an einem Fahrstuhl endete, den Kai in keinem anderen Stockwerk wiederfinden konnte.

„Das hilft uns auch nicht weiter. Wir müssen uns langsam beeilen, bevor jemand die beiden Haustechniker findet«, drängelte Chantal.

Kai ließ immer noch seinen Finger über den Plan wandern. „Was haben diese gestrichelten Linien wohl zu bedeuten? Die führen quer durch Zimmer und Flure«, sagte er. Er ging ein paar Meter weiter und schaute an die Decke. „Natürlich! Hier ist ein Lüftungsschacht. Die gestrichelten Linien bezeichnen die Lüftungen.«

„Ja und?«, fragte Chantal verständnislos.

Kai tippte auf den Plan. „Schau mal hier. Es führt ein Lüftungsschacht von diesem Flur aus über ein Büro und über den Flur, durch den die Guards verschwunden sind. Vielleicht ist das unsere Chance.«

Er schnappte sich die Leiter und stellte sie unter dem Lüftungsschacht auf. Mit einem lauten Scheppern konnte er die Lamellenabdeckung herunterreißen. Der Schacht war nicht groß, aber vielleicht würde es reichen, um hindurch zu kriechen.

„Versuch es mal«, sagte Kai zu Chantal.

„Wieso ich?«

„Du bist doch sonst immer scharf auf jedes Abenteuer. Außerdem sollte es jemand ausprobieren, der möglichst nicht steckenbleibt.«

Widerwillig zwängte sich Chantal durch die Öffnung des Lüftungsschachtes. Er passte genau hindurch, aber Kai war sich nicht sicher, dass er selbst auch in einem 90-Grad-Winkel in den Luftkanal kriechen konnte.

»Du musst ein paar Meter geradeaus, dann nach links und dann die zweite rechts. Theoretisch bist du dann genau über dem Flur«, gab Kai ihm mit auf den Weg.

Unter leisem Fluchen und Ächzen kroch Chantal davon.

Kai setzte sich auf die Leiter und nahm noch einmal den Plan. Aber er konnte auch dieses Mal keinen Hinweis finden, wo der Fahrstuhl der Guards hinführte.

Ebenso wenig war zu erkennen, ob es an dem Fahrstuhl irgendeine Zugangskontrolle gab.

Gelegentlich kamen ein paar Leute vorbei und schauten Kai irritiert an, der jeweils versuchte, möglichst geschäftig mit Werkzeug oder dem Plan herumzuhantieren. Es dauerte über eine halbe Stunde, ehe Chantal zurückkam. »Verdammt eng da drinnen«, schnaufte er und zwängte sich durch die Lüftungsöffnung zurück auf die Leiter.

»Und? Hast du was gefunden?«

»Darf ich erst mal Luft holen?«, fragte Chantal gereizt und pustete durch. »Der Lüftungsschacht führt tatsächlich zu dem Flur der Guards. Ich habe durch die Lüftungsschlitze zwei von Ihnen gesehen, wie sie Sterbende weggeführt haben.«

»Wohin?«, fragte Kai aufgeregt.

»Woher soll ich das wissen. Hätte ich das Lüftungsgitter rausdrücken, mich freundlich vorstellen und fragen sollen oder was? Hättest ja selbst da reinkriechen können, du Klugscheißer.«

»Schon gut, schon gut«, sagte Kai, der sich schwer zusammennehmen musste. »Ich würde sagen, dann haben wir hier erst mal unsere Mission erfüllt. Wir lassen jetzt die Sachen hier verschwinden und gehen erst einmal zurück ins Hauptquartier.«

Sie fuhren mit dem Fahrstuhl in einen anderen Stock und entsorgten den Werkstattwagen, die Leiter und die Blaumänner in einer Toilette, die Kai vorsichtshalber verschloss. Die Karte und den Generalschlüssel nahm er mit.

EINGESCHLEUST

»Tja Leute. Ich würde sagen, wir haben alle Puzzleteile beieinander. Dank meines heldenhaften Einsatzes haben wir das gelbe Armband, und wir haben einen Weg, wie wir Kai in das Transportsystem zu den Szenarien einschleusen.« Chantal schaute grinsend in die Runde der Lotsen, die sich in und um seine kleine Bürobox versammelt hatten. Als keiner etwas sagte, verschränkte er beleidigt die Arme vor der Brust. »Oh danke, danke - bloß nicht zu viel Lob.«

N.N. schüttelte spöttisch den Kopf. »Wenn du deine Arbeit ordentlich gemacht hättest, hätten wir das Problem mit Kai gar nicht. Und außerdem ist das Problem ja noch gar nicht gelöst.«

»Bitte! Konstruktive Mitarbeit, okay?«, mahnte Marlene und rieb sich die Schläfen. »Wenn die Revision mitbekommt, was wir in diesem Referat alles für Regelverstöße begangen haben, dann ...« Er verstummte betrübt und alle schwiegen.

»Was ist dann eigentlich?«, fragte Adolf nachdenklich.

»Schwerste Konsequenzen«, seufzte Marlene.

»Was für Konsequenzen eigentlich?«, hakte Adolf nach.

»Was weiß ich. Schwerste auf jeden Fall«, brummte Marlene ärgerlich. »Und wir sind alle mit dran, denn wir wissen alle davon und müssten es eigentlich melden.« Er schaute in die betreten dreinblickende Runde.

Benno stand an der Eingangstür und kratzte sich nervös am Vollbart.

Chantal dagegen schüttelte spöttisch den Kopf. »Wer sagt eigentlich, dass das irgendjemanden interessiert?«, murmelte er.

Kai klatschte die Hände zusammen, dass alle zusammenzuckten. »Kommt schon, Leute. Wir sind doch fast am Ziel. Es gibt in den Computersystemen einen Datensatz für mich, ich habe ein Ticket und ein Armband und wir haben einen Zugang zu den Szenarien gefunden.« Er nickte aufmunternd in die Runde.

»Nur haben wir keine Ahnung, wie wir das richtige Szenario finden«, warf Adolf ein.

»Und wir wissen nicht, wie wir uns am Eingang zum Szenario verhalten sollen«, ergänzte Marlene trübe.

»Mal abgesehen davon, dass es nicht sicher ist, dass du nicht in dem Lüftungsschacht stecken bleibst«, sagte Chantal grinsend.

Kai verzog das Gesicht. »Okay, haben wir noch etwas vergessen, was schiefgehen könnte?«

»Jetzt sei doch nicht immer gleich beleidigt. Wir betrachten die Sache nur realistisch«, erwiderte N.N. schnippisch.

»Schon gut. Wer einen besseren Vorschlag hat, kann ihn ja jederzeit machen«, grummelte Kai. »Ansonsten schlage ich vor, dass Chantal sich einen Anzug anzieht und mit mir durch den Lüftungsschacht in den Flur klettert. Alles Weitere müssen wir dann improvisieren.«

Marlene ließ einen tiefen Seufzer hören und schüttelte resigniert den Kopf. »Mir ist bei der Sache nicht wohl, aber wir stecken ohnehin schon bis zum Hals in Schwierigkeiten.«

Kai schlug Chantal auf die Schulter. »Also Sportsfreund, bist du bereit für dieses kleine Abenteuer?«

»Na klar, ich bin für jedes Übertreten von Gesetzen und Regeln zu haben. Man muss das System kaputtmachen, bevor es uns kaputtmacht.« Chantal stand schwungvoll auf. »Na los, Marlene. Dann rück mal einen der flotten Anzüge raus, die du in deinem Schrank hast.«

Ein paar Minuten später kam der Lotse wieder. In dem viel zu großen Anzug sah er ein wenig verloren aus, aber darauf konnten sie keine Rücksicht nehmen.

Kai steckte sich das Armband in die Hosentasche und reichte Chantal das Ticket. »Dann wären wir soweit. Adolf kommt mit, um uns in den Lüftungsschacht zu helfen.«

Marlene erhob sich ächzend von seinem Stuhl. Er versuchte, sein langes Gesicht zu einem Lächeln hochzuziehen. »Nun denn, dann sind wir also hoffentlich am Ende unseres gemeinsamen Weges angekommen«, sagte er an Kai gewandt und reichte ihm die Hand. »Ich wünsche dir alles Gute für deine ... tja, Zukunft.«

»Danke und vielen Dank für alles«, erwiderte Kai, der angesichts des Abschieds von den Lotsen tatsächlich einen kleinen Kloß im Hals hatte.

Er reichte N.N. die Hand. »Danke für deine Hilfe.«

»Nichts für ungut. War doch mal eine schöne Abwechslung«, sagte sie und lächelte tatsächlich einmal herzlich.

Kai gab Elvis und auch Benno die Hand, der sich verlegen wegdrehte.

Dann machte er sich gemeinsam mit Chantal und Adolf auf den Weg in das Gebäude der Aufnahmestelle.

Adolf machte zunächst allein einen Erkundungsgang und kam mit besorgter Miene wieder zurück.

»Die beiden Haustechniker sind inzwischen aus der Toilette befreit worden. Wir müssen uns beeilen, bevor sie uns erwischen.«

Adolf ging voraus und schaute um jede Ecke, bevor Chantal und Kai ihm folgten. Einmal mussten sie sich in einer Besenkammer verstecken, um einige Leute vorbei zu lassen, von denen Adolf nicht sicher war, ob sie nicht zu den Security-Einsatzkräften gehörten.

Schließlich hatten sie es in den Flur geschafft, in dem der Einstieg zum Lüftungsschacht lag.

Chantal stieg auf Adolfs Schultern und ruckelte an der Abdeckung vom Lüftungsschacht. »Wir hätten uns wieder die Leiter besorgen sollen«, keuchte er.

»Das hätte zu lange gedauert«, sagte Kai, der sich nervös umsah.

»Aber wie kriegt Adolf ohne Leiter die Abdeckung wieder hier drauf?«, fragte Chantal, als er sich in den Lüftungsschacht zwängte.

»Ich mach das schon«, sagte Adolf, während Kai ebenfalls hinaufkletterte.

»Adolf, alte Säge ...«

»Mach's gut, Mann ... Und guck lieber nicht nochmal vorbei. Mit dir gibt es immer nur Ärger«, sagte Adolf grinsend und schob Kai nach oben.

Kais Oberkörper passte nur mit äußerster Mühe durch die Öffnung. Und er musste im 90-Grad-Winkel weiter in den waagerechten Schacht.

Man hörte in einiger Entfernung eine Tür klappen. Kai zog sich mit aller Kraft in den Schacht hinein und hatte das Gefühl, als würde ihm der Magen und der Unterleib zerquetscht.

»Nun mach schon. Was treibst du so lange?«, zischte Chantal von vorn.

»Na was wohl, Blümchen zählen«, knurrte Kai, der die aufkommende Platzangst niederkämpfen musste. Inzwischen hatte er auch die Beine in den Schacht ziehen können.

»Verdammt. Da kommt jemand«, flüsterte Adolf hektisch.

Kai zog sich mühsam ein Stück weiter, so dass er hoffte, dass seine Füße nicht mehr zu sehen sein würden.

»Was ist denn hier los?«, hörte er eine Stimme von unten.

»Die Abdeckung hier ist runter gescheppert«, erklärte Adolf und Kai konnte die Nervosität in seiner Stimme deutlich hören.

»Das habe ich ja noch nie gesehen, dass so ein Ding runterfällt«, sagte die andere Stimme skeptisch. »Ich rufe gleich den Hausservice an.«

»Prima, danke«, erwiderte Adolf wenig begeistert.

Die Schritte entfernten sich.

»Jetzt müsst ihr euch wirklich beeilen. Die werden bald hier sein um den Schacht zu untersuchen«, raunte Adolf. Er hatte einen Besucherstuhl von einem Zimmer weggenommen und schob unter lautem Scheppern die Abdeckung zurück an seinen Platz.

Kai zog sich unter großer Anstrengung in dem engen Luftkanal weiter. Er schwitzte wie in einer Sauna und hatte das Gefühl, jeden Moment stecken zu bleiben. Er konnte nicht verhindern, dass seine Bewegungen ein dumpfes Rummeln verursachten.

Nach einigen Metern wurde es in dem Luftschacht auch noch stockfinster. Kai spürte Panik in sich aufsteigen. Zum Glück hörte er Chantal direkt vor sich:

»Wir haben es bald geschafft«, flüsterte er. »Gleich kommen wir rechts um eine Ecke, da wird es nochmal ein bisschen eng. Aber dann sieht man schon das Licht von dem Ausgang.«

»Was soll das heißen: ein bisschen eng?«, fragte Kai verzweifelt und robbte weiter. Er hörte, wie Chantal sich schnaufend durch etwas hindurchzwängte und dabei laute Geräusche nicht verhindern konnte.

»Jetzt du«, raunte Chantal.

Kai tastete sich an der rechten Wand des Kanals entlang. Da war die Öffnung, die im rechten Winkel von dem bisherigen Kanal abging. Er versuchte sich auf die Seite zu drehen, um den Oberkörper nach rechts beugen zu können. Er steckte die Arme in den Seitenkanal, dann ließ er Kopf und Schultern folgen. Doch plötzlich ging es nicht mehr weiter.

»Ich stecke fest.«

»Jetzt stell dich nicht so an. Weiter!«, fauchte Chantal von vorne.

»Es geht nicht. Ich kann die Arme nicht mehr rühren«, keuchte Kai. Seine Füße fanden an den Wänden des Luftschachtes keinen Halt, so dass er sich nicht vorwärts schieben konnte.

Er hörte vor sich Geräusche, dann traf ihn Chantals Fuß im Gesicht.

»Nichts kann der Typ alleine«, fluchte Chantal. »Halt dich fest, ich versuch dich zu ziehen.«

Kai klammerte sich an Chantals Bein.

»Aua, verdammt nochmal. Du sollst dich festhalten

und mir nicht das Bein ausreißen!«

»Zieh endlich!«

Chantal versuchte, mit dem Klotz am Bein vorwärts zu kriechen. Kai hatte das Gefühl, als würde er durch eine Öse gepresst werden und dass seine Eingeweide gleich unten aus seinem Körper flutschen würden. Dann war sein Körper endlich im Gang. Er fürchtete, seine Oberschenkel würden in dem 90-Grad-Winkel durchgebrochen. Die Kniescheiben kratzten über die scharfen Kanten, aber endlich war er durch die Ecke durch.

Die beiden blieben erschöpft erst einmal liegen und keuchten. Sie konnten nur hoffen, dass in den Räumen unter ihnen niemand arbeitete und man ihren Lärm nicht gehört hatte.

»Weiter, weiter«, japste Kai und stieß Chantal gegen den Fuß. Nun ging es wieder geradeaus, und Kai konnte allein weiterrobben. Sein ganzer Körper tat ihm weh, als wenn ihn jemand gründlich zusammengeschlagen hätte. Sein Hemd klebte ihm am Körper, und der Schweiß lief ihm in die Augen.

»Da vorn ist es«, wisperte Chantal plötzlich. Kai nahm sich zusammen und kroch besonders vorsichtig.

»Ich warte, bis im Flur einer vorbeigekommen ist, dann klettere ich raus«, flüsterte Chantal.

»Und wenn dann noch einer vorbeikommt?«

»Dann sind wir am Arsch. Aber wir haben keine andere Chance.«

Kai ließ seinen geschundenen Körper zusammensacken und wartete. Nach endlosen Minuten hörte er ganz leise Schritte unter sich, die sich schnell wieder entfernten.

»Jetzt«, flüsterte Chantal und stieß die Abdeckung des Lüftungsschachtes heraus, was ein lautes Scheppern verursachte. Mit einigen schnellen Bewegungen war Chantal unten im Flur und Kai kroch hinterher. Wieder musste er im rechten Winkel aus dem Schacht heraus. Chantal zerrte hektisch von unten an seinen Armen. Wie ein Korken knallte er schließlich kopfüber aus dem Lüftungsschacht und konnte gerade noch seinen Kopf mit den Armen schützen, als sie beide auf dem Boden des Flures landeten.

»Los, steh auf und mach einen Steigbügel«, sagte Chantal und sah sich hektisch um. Kai erhob sich mühsam und hielt die Hände gefaltet, damit Chantal hochsteigen und die Abdeckung wieder in den Luftschacht drücken konnte.

Sie hatten Glück, niemand hatte sie bemerkt. Chantal hatte ein begeistertes Funkeln in den Augen, als er seinen zerknautschten und an einem Hosenbein zerrissenen Anzug richtete. »Hey, jetzt siehst du wirklich wie einer aus, der gerade gestorben ist«, kicherte er. Aber Kai war nicht zum Lachen zumute.

»Ich führ dich jetzt mit der Hand auf der Schulter durch die Gänge, okay. Und du sorgst dafür, dass das Armband immer sichtbar ist«, kommandierte Chantal und band Kai das gelbe Armband um.

Kai humpelte mehr als dass er ging, als sie den langen Flur entlanggingen, am Ende links abbogen und dann vor einem Fahrstuhl standen. Bis dahin hatten sie den Weg auf der Karte gesehen. Was nun kam, wussten sie nicht.

Chantal drückte auf den einzigen Knopf des Fahrstuhls, der zu Blinken anfing.

Der Aufzug kam angefahren. Mit einem »Pling« ging die Tür auf.

Zu Kais und Chantals Überraschung saß in der Ecke des geräumigen Fahrstuhls ein Liftboy in rot-goldener Uniform und kleiner roter Kappe auf einem Hocker. Nur war der Liftboy eine langhaarige und ungemein langbeinige Blondine mit Schmollmund.

»Hallo«, hauchte sie lasziv. »Ticket bitte.«

Kai blieb der Mund offenstehen, aber Chantal schaltete schneller. Er holte das Ticket aus der Jackentasche und reichte es der Blondine.

»Bibelkreis-Szenario - sehr gern«, säuselte sie verführerisch und drückte so elegant einen Knopf auf dem Bedienbrett des Fahrstuhls, dass Kai selbst diese Geste geradezu obszön vorkam.

Der Fahrstuhl setzte sich in Bewegung und leise Musik dudelte aus einem Lautsprecher. Kai konnte nicht anders, er musste die Blondine einfach angaffen, die sich gelangweilt auf ihrem Hocker räkelte und die langen Haare schüttelte.

Auch dieser Aufzug bewegte sich gegen alle physikalischen Gesetze. Während die Etagenanzeige behauptete, dass sie abwärtsfuhren, signalisierte Kais Magen wechselnd, dass sie schräg aufwärts oder sogar seitwärts fuhren. Das Gleichgewichtsorgan war im Jenseits wirklich mehr lästig als hilfreich.

»Schönen Tag noch«, hauchte der Blondinen-Liftboy, als die Fahrt endete. Er reichte Chantal das Ticket zurück.

Sie kamen in einen niedrigen, kahlen Gang, in dem es wie in einem Krankenhaus roch. Eine nackte Neonröhre erhellte den Weg, an dessen Ende ein Tresen mit einer Absperrung stand. Dahinter gingen mehrere Türen ab.

Chantal legte Kai die Hand auf die Schulter und führte ihn zu dem Tresen, auf dem eine Klingel stand. Kai spürte seinen Herzschlag bis zum Hals.

Sie atmeten nochmal tief durch, dann klingelte Chantal. Im Bruchteil einer Sekunde öffnete sich eine Tür und ein blasser, dünner Mann mit Schnurrbart kam heraus.

»Armband?«, fragte er mit einer unangenehm schnarrenden hohen Stimme.

Chantal hob Kais Arm hoch und zeigte das Band.

»Das Ticket bitte«, schnarrte der Schnurrbärtige.

Chantal reichte ihm den Zettel, den er eingehend studierte. Dann tippte er etwas in einen Computer, der auf dem Tresen stand.

Schließlich lächelte er ein blasiertes Lächeln und öffnete die Absperrung mit einem Zahlencode.

»Hier geht es in ihr gewünschtes Szenario«, sagte er freundlich und wies auf eine der breiten Türen.

Kai konnte es nicht glauben. Sie hatten es tatsächlich geschafft. Er war endlich ein ganz normaler Toter und würde nicht irgendwohin verklappt werden. Er drehte sich noch einmal zu Chantal um, der ihm aufmunternd zunickte. Kai fiel ein, dass er sich gar nicht richtig von Chantal verabschiedet hatte. Trotz aller Streitereien hatte er ihn in den letzten Tagen irgendwie liebgewonnen. Aber er konnte jetzt nichts sagen, ohne sie zu verraten.

Also winkte er Chantal nur noch einmal und trat dann durch die breite weiße Tür ins Bibelkreis-Szenario.

ERWISCHT

Der Ventilator an der Decke drehte langsam seine Runden. Er machte ungefähr 70 Umdrehungen in der Minute, hatte Kai in der vergangenen Stunde gezählt.

Er schaute zur Seite, wo die anderen saßen: Chantal trotzig, Marlene ein Häufchen Elend, Adolf Fingernägel kauend, N.N. wütend. Hinter ihnen stand ein grimmig dreinschauender Kerl in einem dunklen Anzug.

Die Tür wurde aufgerissen, und ein älterer Mann in einem schwarzen Anzug kam in Begleitung eines weiteren Wachpostens herein. Der Mann hatte ein pummeliges Babygesicht und einen dünnen Haarkranz. Er zog sich einen Stuhl heran, setzte sich und schaute die fünf ihm Gegenübersitzenden der Reihe nach an. Kai stellte irritiert fest, dass er schielte und man nicht genau sehen konnte, wen er gerade fixierte.

„Nun meine Herren«, setzte das schielende Babygesicht mit einer kehlig-rauchigen Stimme an, bei der Kai an Hildegard Knef denken musste. „Da haben wir wohl ein Problem, nicht wahr?«

Alle schwiegen, Chantal schnaufte trotzig und verschränkte die Arme vor der Brust.

„Wenn ich es richtig sehe, hat sich einer von Ihnen unbefugten Zutritt zu einem Szenario verschaffen wollen und drei von Ihnen haben ihn dabei tatkräftig unterstützt.« Er schielte in die Runde. „Von ihren vorherigen Vergehen wie Betrug, Urkundenfälschung, Diebstahl, Raubüberfällen und ähnlichem will ich gar nicht reden.

Die sind für mich als Sicherheitskoordinator der Abteilung für Szenario-Transporte nebensächlich.«

Marlene seufzte tief. Er saß zusammengesunken auf seinem Stuhl.

»Woher wollen Sie das alles wissen?«, fragte Chantal angriffslustig.

»Wir haben Sie schon eine ganze Zeit beobachtet«, erwiderte das Babygesicht überlegen. »Wir Sicherheitskoordinatoren haben hier und dort unsere Quellen. Hübsche Falle haben wir Ihnen aufgebaut, nicht wahr?«

Kai straffte sich. Er musste den Tatsachen ins Auge sehen. Die Sache war schiefgegangen. Gleich hinter der vermeintlichen Eingangstür zum Szenario hatten sie ihn festgenommen, dann hatten sie auch Chantal geschnappt und später Adolf, Marlene und N.N. zu ihnen in diesen Raum gebracht, wo sie nun ewig lange gewartet hatten.

Da gab es nichts zu beschönigen: Für Kai war es jetzt gelaufen, in ein Szenario würde er sich nicht mehr retten können. Aber ihm taten seine Lotsenfreunde leid, die ihm geholfen hatten.

„Die vier sind unschuldig. Ich habe sie alle erpresst und zu den Aktionen gezwungen«, sagte er und zeigte auf seine Freunde. Dabei sah er dem Babygesicht fest in die Augen.

Der Sicherheitskoordinator winkte genervt ab. „Reden Sie keinen Unsinn. Wie wollen Sie als Mensch einen Mitarbeiter des Jenseits erpressen. Und außerdem ist es völlig irrelevant, was Sie sagen. Sie sollten eigentlich gar nicht hier sein, Sie sind hier im Jenseits überhaupt kein Rechtssubjekt.« Er wandte sich an Marlene und die anderen. „Es dürfte Ihnen klar sein, dass dies Konsequenzen für Sie alle haben wird.«

„Welche Art für Konsequenzen?«, krächzte Adolf nervös.

„Schwerste Konsequenzen!«, sagte das Babygesicht gewichtig, wobei sein Silberblick die Wirkung seiner Worte deutlich beeinträchtigte.

„Ach ja? Und welche?«, fragte Chantal flapsig, was ihm einen diffusen missbilligenden Blick einbrachte.

„Ich glaube kaum, dass Sie in der Position sind, so einen frechen Ton anzuschlagen«, sagte Babygesicht und versuchte grimmig zu gucken.

„Warum nicht? Und wieso frech?«, fragte Chantal.

„Als Gesetzesbrecher steht Ihnen das nicht zu.«

Das Babygesicht erhob sich und lief mit den Händen in den Hosentaschen durch den kleinen Raum. „Dieser irreguläre Mensch wird wie vorher schon geplant morgen ordnungsgemäß ins Universum verklappt«, sagte er und nickte in Richtung Kai. „Was mit Ihnen anderen passiert, weiß ich noch nicht. Einen so ungeheuerlichen Sicherheitsvorfall hatten wir noch nie. Wenn es nur nach mir ginge ...«

Chantal lachte auf. „Na, dann bin ich aber mal gespannt, auf welcher Rechtsgrundlage Sie uns bestrafen wollen.«

Das Babygesicht drehte sich mit einem Ruck zu Chantal und funkelte ihn böse an, was wegen des Schielens aber eher komisch aussah. „Es gibt eindeutige Vorschriften, die besagen, dass sich niemand außer sterbenden Menschen und Guards im Transportsystem zu den Szenarien aufhalten darf. Niemand!«

„Und wenn es doch einer tut?« Chantal grinste ihn höhnisch an.

„Dann handelt er illegal!«, bellte das Babygesicht.

„Und wo steht, ob und wie das sanktioniert wird?«, fragte Chantal ebenso laut.

Der schielende Blick des Babygesichts flackerte in Erregung kreuz und quer zwischen den Beteiligten. „Das werden wir klären. Ich habe eine Meldung und einen Präzisierungsantrag vorbereitet. Aber seien Sie sicher, dass es eine drakonische Strafe geben wird. Ich plädiere für das Äußerste - Ihre Abberufung!«

Chantal schnaubte verächtlich. „Na, dann haben wir ja noch etwas Zeit. Die Klärung kann ewig dauern.«

Das Babygesicht war rot vor Wut angelaufen. „Ja, das stimmt leider. Aber so lange werden wir Sie in Sicherheitsverwahrung nehmen. Und glauben Sie mir, das wird nicht nett für Sie!« Der Gesichtsausdruck des Babygesichts sollte offenbar diabolisch sein, kam aber nur äußerst albern rüber.

Marlene knickte noch weiter in sich zusammen und stöhnte. Aber Chantal blieb ganz ruhig in seiner Trotzhaltung. „Da bin ich aber schon sehr gespannt, auf welcher rechtlichen Grundlage Sie uns hier festhalten wollen.«

„Dafür brauche ich keine Grundlage«, donnerte das Babygesicht und drehte wütend ab.

„Das glaube ich aber schon. Marlene, was meinst du? Was würde dein Freund, der Revisor Uschi, sagen, wenn er dich morgen bei eurem Termin nicht in deinem Büro antrifft, weil du von einer anderen Abteilung festgehalten wirst?«

Marlene schaute Chantal irritiert an, der völlig ruhig fortfuhr: „Der hätte bestimmt Verständnis dafür, dass du hier ohne Rechtsgrundlage festgehalten wirst.«

„Ihr alle seid Gesetzesbrecher«, fauchte das Babygesicht, in dessen Stimme sich aber etwas Unsicherheit gemischt hatte.

„Und sicher würde Uschi kritisch nachfragen, was das eine mit dem anderen zu tun hat«, sagte Chantal und streckte entspannt die Beine von sich. „Einen Regelverstoß begehen ist das eine, jemanden ohne Grundlage zu bestrafen, etwas völlig Anderes.«

Das Babygesicht schielte Chantal wütend an, sagte aber nichts mehr.

Chantal setzte ein verbindliches Lächeln auf. „Ich denke, dass hier sicherlich alles seinen ordentlichen Gang gehen wird. Also werden wir uns in unsere Abteilung begeben und gespannt darauf warten, welche Konsequenzen unser Verhalten für uns haben wird.«

Kai hatte dem Wortgefecht der beiden mit Verwunderung zugehört. Er staunte, welche große innere Distanz Chantal inzwischen zu dem System des Jenseits entwickelt hatte, dass er sich nicht mehr einschüchtern ließ.

„Nun, was sagen Sie, Herr Sicherheitskoordinator?«, fragte Chantal betont freundlich nach.

Das Babygesicht kaute auf seiner Unterlippe. Dann brummte er: „Also schön, aber einer meiner Wachleute wird mitkommen, um Sie zu bewachen.«

Chantal lachte spöttisch. „Was sollten wir denn machen? Fliehen vielleicht? Wohin denn?«

Jetzt richtete sich Kai auf, dem eine Idee gekommen war. „Wir werden ganz sicher ins Lotsenbüro gehen und dortbleiben. Schließlich müssen wir bis morgen ja auch noch einen sehr umfangreichen Bericht schreiben.«

Das Babygesicht schielte ihn missbilligend an. „Was für einen Bericht? Und was haben Sie als Mensch damit zu tun?«

Kai verschränkte die Arme hinter dem Kopf. „Ich bin mir sicher, dass die Revision höchst interessiert daran sein wird, wie lasch die Sicherheitssysteme hier in der Transportabteilung sind. Ist ja bemerkenswert, wenn sich jeder dahergelaufene Mensch so leicht durch einen simplen Lüftungskanal Zutritt verschaffen kann.«

Chantal tippte sich an den Kopf, als wenn er nachdachte. „Stimmt, das wird Uschi sehr interessieren. Und wer war nochmal zuständig für die Sicherheitsmaßnahmen in einer Abteilung?«

„Richtig! Der Sicherheitskoordinator!«, erwiderte Kai und nickte dem Babygesicht grinsend zu.

Der Sicherheitskoordinator schnappte nach Luft.

„Oh Mann, der Bericht wird sicher nicht gerade nett ausfallen. Wir haben ja eh nichts mehr zu verlieren. Dann können wir ja nochmal richtig auf die Tonne hauen«, setzte Kai nach und haute sich mit den flachen Händen auf die Oberschenkel.

„Vor allem ist es doch unsere Pflicht, diese Sicherheitspanne zu melden, nicht wahr, Marlene?«, fragte Chantal und stupste seinen Referatsleiter an, der dem ganzen Gespräch mit sichtbarer Verwirrung zu folgen versuchte.

Chantal schaute den Sicherheitskoordinator freundlich an. „Ich gebe ja zu, dass wir hin und wieder auch mal was vergessen, aber bei einer so wichtigen Sache wird uns das bestimmt nicht passieren«, fügte er hinzu.

„Das wäre schon ein großer Zufall«, stimmte Kai ihm zu und schaute das Babygesicht auffordernd an.

Der wusste gar nicht, wie ihm geschah. Er ging aufgebracht durch den kleinen Raum. Nach einer Weile drehte er sich abrupt um: „Jetzt auch noch Erpressung! … Aber was bleibt mir übrig. Die Revision kann ich hier nicht gebrauchen."

Chantal stand lächelnd langsam auf. „Hmm, also ich weiß nicht, wie es euch geht. Aber ich kann mich gerade beim besten Willen nicht mehr erinnern, warum wir eigentlich hier sind. Habt ihr eine Ahnung?" Adolf, Marlene und N.N. schüttelten hastig den Kopf und Chantal stellte sich dicht vor den Sicherheitskoordinator. „Und Sie? Wissen Sie noch, warum wir hier so nett miteinander plauschen?"

Das Babygesicht kaute heftig auf der Unterlippe. „Nein", presste er mühsam hervor.

„Prima!", sagte Chantal munter. „Dann lasst uns gehen. Die Arbeit wartet." Er öffnete seinen Freunden die Tür.

ABSCHIED

Nachdem die kurze Euphorie über ihr Entkommen aus dem Griff der Sicherheitsabteilung verflogen war, saßen die Lotsen nun ziemlich niedergeschlagen in Marlenes Büro. Was konnten sie jetzt noch tun? Alle hatten das Gefühl, dass sie ihr Pulver restlos verschossen hatten. Für einen völlig neuen Ansatz fehlte die Zeit. Außerdem stand draußen vor dem Lotsenbüro einer der Wachleute und überwachte jeden ihrer Schritte.

»Tja Freunde, das war's dann wohl«, seufzte Kai und ließ den Kopf hängen. In nicht einmal 24 Stunden würden sie ihn abholen und ins Universum verklappen. Und keiner konnte ihm sagen, was ihn dann erwartete. Würde er sofort sterben? Ersticken? Würde es wehtun oder flutschte man einfach so raus wie aus einer überfüllten Straßenbahn? Oder wartete vielleicht was ganz Anderes auf ihn? Diese Ungewissheit machte die Sache am schlimmsten.

Chantal schüttelte wütend den Kopf. »Wann und wie sind die uns nur auf die Schliche gekommen?«

»Ist doch jetzt auch egal«, brummte Adolf.

»Nein, ist es nicht. Da stellen sich doch viele Fragen? Warum haben sie uns nicht schon vorher geschnappt, wenn sie uns schon lange beobachtet haben? Warum lassen sie uns bis zum Szenario gehen, bevor sie zuschlagen?«

»Vielleicht, weil sie meinen, so besser eine Bestrafung für uns durchdrücken zu können«, erwiderte Adolf achselzuckend.

Marlene klopfte müde auf seinen Schreibtisch. »Na gut Leute. Es nützt jetzt nichts. Wir müssen uns wieder um unsere Arbeit kümmern. Das Auftragspostfach ist bestimmt voll.«

Chantal schnaubte ärgerlich. »Ich habe gar keine Lust auf diesen sinnlosen Scheiß.«

»Chantal, das ist eine Dienstanweisung!« Marlene war aufgestanden und guckte böse.

Chantal winkte ab. »Also schön. Aber gib Benno doch auch mal ausdrücklich einen Auftrag.« Er deutete hinüber zu Bennos Arbeitsbox. Aber Benno war gar nicht da.

»Er hat schon fünf Aufträge abgearbeitet, während wir weg waren«, sagte Marlene erstaunt, nachdem er im Computer nachgesehen hatte.

»Freiwillig fünf Aufträge? Was ist denn mit dem faulen Sack plötzlich los?«, staunte Chantal. »He Leute, können wir Lotsen plötzlich krank werden? Eine andere Erklärung kann es ja gar nicht geben.«

Alle Lotsen gingen zu ihren Plätzen und machten sich lustlos an die Arbeit. »Denkt daran, im Tunnel braucht ihr überhaupt keine Schalter zu drücken. Ist völlig egal«, hörte Kai Chantal zu den anderen sagen.

Marlene saß wieder an seinem Tisch und machte ein längeres Gesicht denn je. »Tut mir wirklich unendlich leid, dass wir dir nicht helfen konnten«, sagte er betrübt.

»Mir tut es leid, dass ihr mit mir so viele Scherereien hattet. Eure mutige Hilfe werde ich euch nie vergessen«, erwiderte Kai. Sehr viel Zeit zum Vergessen hatte er ja auch nicht mehr.

Marlene hob die Schultern. »Ein verrücktes System ist das. Das soll jemand verstehen ...«

»Es hat für mich den Anschein, als sollte es gerade niemand verstehen. Hauptsache das Gebilde hält irgendwie zusammen.«

Kai stand auf und reichte Marlene die Hand, in die dieser nur zögernd und müde einschlug. Der Referatsleiter machte den Mund auf, aber er wusste nicht, was er noch sagen sollte. Also schloss er ihn wieder.

Kai ging in Chantals Bürobox und kramte noch einmal den Fernseher hervor, mit dem er in die Menschenwelt schauen konnte. Sollte er vielleicht doch mal bei Laura nachsehen, was die so machte? Vielleicht saß sie ja verzweifelt zu Hause und heulte in die Kissen, weil er spurlos verschwunden war. Vielleicht war die Geschichte mit dem Drittliga-Arsch ja doch nur ein Ausrutscher. Im Grunde genommen war das jetzt zwar egal, aber Kai fand die Vorstellung ganz tröstlich, diesen Gedanken morgen als letzten Gedanken mitzunehmen: Laura, ich verzeihe dir, und ich liebe dich.

Er knipste den Apparat an und steuerte mit der Fernbedienung die Kamera in Richtung der Straße mit ihrer Wohnung. Er schwenkte das Objektiv so weit herunter, dass er praktisch von der dunklen Straße hoch zu den Wohnungsfenstern blickte. Das Wohnzimmerfenster war erleuchtet. Kai steuerte die Kamera herauf zum Fenster und zoomte in das Fenster hinein. Da saß Laura, die Knie hochgezogen und in eine Decke gewickelt auf dem Sofa und guckte Fernsehen.

Er zoomte noch ein bisschen heran. Auf ihrem Gesicht konnte er nicht erkennen, wie es ihr ging. Besonders glücklich sah sie jedenfalls nicht aus. Vielleicht war die kleine Sorgenfalte auf ihrer Stirn sogar etwas tiefer als früher. Sie guckte so teilnahmslos auf das Fernsehen.

War sie wohl mit den Gedanken bei ihm? Kai seufzte und ließ die schmerzhaft-warme Strömung durch seinen Körper gleiten.

Da klingelte Lauras Telefon. Sie erwachte aus ihrer traurigen Apathie. Sie hörte zu, sagte etwas und strahlte plötzlich so schön, dass Kai ganz hingerissen war. Dann stand Laura auf und ging in den Flur. Sie kam in Jacke und mit den hohen Stiefeln wieder, schnappte sich Handy und Tasche und verließ die Wohnung.

Kai brauchte ein paar Sekunden, um sich zu besinnen. Dann zoomte er aus der Wohnung heraus in die Vogelperspektive. Nach einigen Minuten kam Laura aus dem Haus und steuerte direkt auf einen dicken 7er BMW zu, der in zweiter Reihe vor dem Haus gehalten hatte. Kai zitterten die Hände, als er heran zoomte und den Drittliga-Stürmer erkannte, der ihr lachend zuwinkte.

Kai knipste den Apparat aus und starrte vor sich hin. Er war ja selbst schuld. Warum hatte er auch nachsehen müssen.

Plötzlich loderte eine unbändige Wut in ihm hoch. Warum war er überhaupt auf diese dämliche Brücke geklettert, statt zu diesem Drittliga-Arsch zu fahren und ihm mit dem Vollspann in die Eier zu treten? Warum hatte er Laura und diesen hohlen Balltreter nicht einfach achtkantig aus der Wohnung geworfen? Warum hatte er im Labor nicht schon lange mal auf den Tisch gehauen und seinem albernen Chef die Meinung gesagt? Warum hatte er den öden Job nicht schon lange einfach hingeschmissen? Warum? Warum? Warum?

Weil es jetzt zu spät dafür war.

Er sprang auf und warf den Fernsehapparat gegen die Wand, wo er ein Loch hinterließ und auf dem Boden zersprang. Kai raufte sich die Haare.

»Störe ich?«, hörte er eine zaghafte Stimme hinter sich.

Kai drehte sich um und sah Benno verschüchtert im Eingang der Bürobox stehen. Benno nestelte an seiner altmodischen Strickjacke.

»Was soll mich jetzt noch stören?«, fragte Kai höhnisch.

Benno guckte nervös zu Boden.

»Also was gibt's so wichtiges, um meine schönen letzten Stunden zu stören?«, fragte Kai gereizt.

Benno druckste herum, räusperte sich. »Ich wollte nur ... es tut mir leid ... ich hatte nicht gewollt ...«, krächzte er verlegen.

»Was soll das heißen?«

Benno scharrte verlegen mit dem Fuß und räusperte sich ein paarmal. »Ich ... ich habe nicht bedacht, dass sie dich einfach verklappen werden. Ich ... wollte nur ... Chantal macht mir seit Ewigkeiten nur Ärger ...«

Kai sah Benno mit aufgerissenen Augen an. Langsam kroch ein Gedanke durch sein Hirn.

Benno warf ihm einen kurzen scheuen Blick zu. »Es ging nicht gegen dich ... ich wollte nur Chantal endlich mal eins auswischen«, gestand er betrübt. »Das tut mir leid ... Ich weiß, dass das nicht viel wert ist ... aber ...« Er hob hilflos die Schultern und sah ängstlich zu Kai.

Kai wusste nicht, was er sagen sollte - er fühlte nur noch eine unendliche Leere in sich. Er öffnete den Mund, aber es wollten keine Worte herauskommen.

Benno nestelte wieder an seiner Strickjacke. Als Kai immer noch nichts sagte, schlich er betrübt davon.

»Was ist los mit dir?«, fragte Chantal vorsichtig, als er von seiner Passage zurückkam. »Entschuldige. Blöde Frage.«

»Schon gut«, sagte Kai apathisch. »Es ist nichts.«

»Weißt du, ich kriege die ganze Zeit die Frage nicht aus dem Kopf, woher die Sicherheitsabteilung einen Tipp bekommen hat. Ich habe ja den Popper im Verdacht.« Chantal setzte sich auf seinen Schreibtisch und baumelte mit den Füßen. »Dem ging so der Kackstift, der hat bestimmt das Wasser nicht halten können.«

»Möglich«, erwiderte Kai tonlos.

»Obwohl es dann immer noch merkwürdig ist, dass sie uns bis zum Szenario haben laufen lassen«, brummte Chantal.

Kai winkte müde ab. Sie verfielen in ein unbehagliches Schweigen.

Marlene kam um die Ecke gebogen. Er sah traurig zwischen Chantal und Kai hin und her. Dann zog er ein Schreiben aus einer Aktenmappe. »Das ist gerade gekommen«, sagte er mit fast heiserer Stimme. »Du sollst dich schon in einer Stunde am Haupteingang dieses Gebäudes einfinden - allein. Dort wirst du in Empfang genommen.« Marlene reichte Kai das Schreiben ohne ihn anzusehen. Er zog noch einmal das Gesicht in die Länge und ging dann mit unentschlossenen Schritten davon.

Chantal stand auf und holte tief Luft. »He Benno! Sag bloß, du willst schon wieder eine Passage übernehmen! So viel wie heute hast du ja in Jahrhunderten nicht gearbeitet«, rief er Benno hinterher, der aus der Bürotür verschwand.

Kai schluckte. Er hatte einen trockenen Hals. Vielleicht sollte er sich nochmal ein Glas Wasser bei dem Imbissverkäufer besorgen. Dann schüttelte er sich und erhob sich mit einem Ruck.

»Ich gehe jetzt schon runter«, sagte er mit fester Stimme. »Richtig entspannt ist das Warten hier oben ja auch nicht. Dann genieß ich noch ein wenig die Wärme und das Licht.« Er versuchte ein Lächeln, das ihm aber nicht gelingen wollte.

Chantal stand verlegen da. »Okay, okay«, sagte er mit einem überdrehten Lachen. »Das war's dann wohl. Tut mir leid, die ganze Geschichte ...«

Kai seufzte. »Was soll's. Ich habe mich damit abgefunden. Irgendwann ist das Leben eben zu Ende. Punkt und aus. Ob nun heute oder morgen, das ist eigentlich egal.«

»Ich meine ja nur ... wenn ich nicht zu früh auf der Brücke aufgetaucht wäre ...«

»Was wäre wenn ist doch müßig. Dann hätten wir uns nie richtig kennengelernt. Nein, ich bereue das gar nicht.«

Chantal sah ihn unsicher an. »Meinst du das im Ernst?«

»Nein.« Kai schaute einen Moment ernst in Chantals Gesicht, dann schlug er ihm schmunzelnd auf die Schulter. »Ich habe hier ein paar wirklich sehr spannende Einblicke bekommen. Welcher Mensch kann schon von sich sagen, dass er sich im Jenseits umgesehen hat?«

Chantal grinste dankbar. »Und ich wäre ohne dich wahrscheinlich nie dahinter gestiegen, dass vieles von dem hier nur Fake ist.«

»Wobei ich nicht sicher bin, ob ich dir damit einen Gefallen getan habe, dass ich dich darauf gestupst habe. Nichts zu wissen erleichtert die Dinge manchmal. Dumm zu sein muss kein Nachteil sein.«

Sie lachten beide und wussten nicht so recht weiter. Dann packte Kai seinen Lotsen und drückte ihn fest an sich.

»Mach's gut, mein Freund«, sagte er und war sich nicht sicher, ob da nicht ein paar Tränen in die Augen drängten.

Chantal klopfte ihm ein paarmal auf den Rücken.

»Alles Gute, was immer das auch sein mag.«

Sie lösten sich voneinander, als Adolf und N.N. in das Büro kamen.

Kai lächelte ihnen zu. »Ich gehe jetzt. Ich werde gleich unten abgeholt. Macht es gut ... und seid immer nett zu euren Passagen.« Er umarmte die beiden ungelenk.

»Was soll man sagen«, stammelte Adolf. »Ist doch alles beschissen. Und man kann nichts machen.«

Kai winkte milde ab. »Mach dir nichts draus. Es ist, wie es ist - und ich kann damit leben«, sagte er und sie lachten alle gemeinsam.

Dann schaute Kai sich um, als müsse er noch sein Gepäck mitnehmen. Aber weil da nichts war, was er mitnehmen musste, zuckte er nur mit den Achseln und ging zur Tür. Dort drehte er sich noch einmal um und bemühte sich um ein Lächeln. Dann schloss er die Tür hinter sich.

HINTERTÜR

Kai ging auf den Fahrstuhl zu, entschied sich dann aber anders. Er wollte lieber die Treppe nehmen. Wer weiß, ob das jetzt schon die Phase mit den letzten Malen war. Das letzte Mal Treppensteigen, das letzte Mal den Park sehen, das letzte Mal ...

Als er das zweite der vier Stockwerke geschafft hatte, hörte er schnelle kurze Schritte hinter sich.

»Äh ... Kai?«, fragte eine zaghafte Stimme. Benno stand unschlüssig einige Stufen über ihm.

Kai hatte eigentlich überhaupt keine Lust, als letzten seiner Jenseits-Bekannten ausgerechnet Benno zu treffen.

»Was gibt's noch?«, fragte er kühl.

»Du bist gerade auf dem Weg zum ... na ja, zum ...«

»Genau.«

»Ich würde dir gern vorher etwas zeigen ... vielleicht ... ist das für dich interessant.«

Kai lachte hart auf. »Was soll für mich denn noch interessant sein? In nicht mal einer Stunde bin ich hin und weg.«

Benno sackte ein wenig in sich zusammen. »Ich würde dir so gern helfen, weil ich ... na, du weißt schon ...«

»Ja, und?«

»Ich weiß nicht, ob das was ist ... komm doch bitte einfach mal mit«, stammelte Benno und winkte ihm zu folgen.

Kai überlegte kurz. Er hatte noch über eine Dreiviertelstunde Zeit, bevor er unten auf den Scharfrichter wartete …

Er stieg zögernd Benno die Stufen hinterher. »Wohin gehen wir?«

»Ich will dich einem Bekannten vorstellen«, sagte Benno ohne sich umzudrehen. Kai folgte ihm zwei Stockwerke hinauf und dann durch eine ganze Reihe von Gängen, die noch einmal zeigten, wie riesig die Bürogebäude im Jenseits waren. Benno war bemüht, immer einen Meter zwischen sich und Kai zu lassen. Offenbar wollte er vermeiden, mit ihm reden zu müssen.

Irgendwann hielt Benno vor einer Tür. »Referat für geistige und neurologische Erkrankungen«, las Kai auf dem Türschild und sah Benno fragend an. Der lächelte schüchtern und klopfte an.

Sie betraten ein überraschend großen Raum, der durch mehrere gläserne Trennwände unterteilt war. In einer Art Wartezimmer saßen mindestens 20 Leute unterschiedlichsten Alters und Geschlechts. Der unterschiedlichsten Bekleidung nach zu urteilen waren diese Leute keine Jenseits-Mitarbeiter - sondern Menschen. Sie unterhielten sich zum Teil, einige dösten vor sich hin.

»Was sind das für Leute?«, fragte Kai neugierig, aber Benno führte ihn vorbei an dem Wartezimmer in ein Zimmer, wo eine dicke farbige Frau mit einem beeindruckenden Afro-Haarschnitt an einem Schreibtisch saß und eifrig in ihren Computer tippte.

»Hallo Fjodor Andrejewitsch«, grüßte Benno verlegen.

Die dicke Farbige hob den Blick und grinste über die ganze Breite ihres fülligen Gesichts. »Ah Benno? Das ist er?«, dröhnte sie mit einer tiefen Bassstimme, die offenbar das vollständige Volumen dieses üppigen Klangkörpers ausnutzte.

»Ja, das ist der Fall, von dem ich dir berichtet habe. Er heißt Kai«, sagte Benno.

»Wunderbar, Kai!«, grollte die Dicke und strahlte. »Sie sehen mir wie eine echte, starke Persönlichkeit aus. Das ist gut.«

Kai verstand gar nichts und sah irritiert Benno an.

»Fjodor Andrejewitsch ist für Geisteskrankheiten in der Menschenwelt zuständig«, erklärte Benno. »Sie steuert sozusagen die Verbreitung solcher Leiden.«

Kai sah die Dicke ungläubig an. »Sie verteilen Geisteskrankheiten?«

Die Dicke nickte so heftig, dass ihr wallender Afro in Bewegung kam. »Aber ja doch«, dröhnte sie begeistert. »Wir verteilen nach einem bestimmten Schlüssel psychische Störungen unter den Menschen: Von kleinen Neurosen über Depressionen bis hin zu schweren Psychosen.«

Kai verzog das Gesicht. Man brauchte nicht viel Phantasie um zu ahnen, dass auch dabei wieder der allgegenwärtige Zufallsgenerator eine wichtige Rolle spielen würde. »Das scheint Ihnen ja richtig Spaß zu machen«, stellte er bissig fest.

Die Dicke stutzte. »Nun ja. Es ist eine Aufgabe wie jede andere auch. Aber ich gebe zu, dass ich gern arbeite.«

»Schön für Sie«, stellte Kai kühl fest und wandte sich an Benno. »Und wieso hast du mich nun hierhergebracht?«

Benno druckste herum. »Na ja, Fjodor Andrejewitsch könnte dir ein Angebot machen ... sozusagen als Alternative zum Verklappen.« Es war ihm anzusehen, dass er sich seiner Sache nicht ganz sicher war.

»Wie darf ich das verstehen?«, fragte Kai skeptisch.

Fjodor Andrejewitsch nahm ihm beim Arm und zeigte durch die Glastür auf das Wartezimmer. »Sehen Sie diese Leute dort? Das sind Menschen. Das heißt, gestorbene Menschen, die wir nach einem strikten Zufallsprinzip aus verschiedenen Szenarien herausgeholt haben.«

»Aha«, sagte Kai wenig begeistert.

»Und diese Gestorbenen bekommen von uns ... sozusagen ein Comeback in der Menschenwelt«, erklärte Fjodor Andrejewitsch.

Jetzt wurde Kai hellhörig. »Ein Comeback in der Menschenwelt? Heißt das, sie schicken Sie zurück auf die Erde?«

Die Dicke wog bedächtig den Kopf. »Ja und nein. Diese Personen kehren tatsächlich in die Menschenwelt zurück ... allerdings ohne ihren Körper.«

»Ohne ihren Körper? Als Geister, oder wie?«

»Ja, sozusagen. Sie werden Untermieter bei noch lebenden Menschen.«

Kai sah die Dicke verständnislos an.

»Nun ja, in der Menschenwelt nennt man diese Krankheit Schizophrenie. Ein menschlicher Körper wird zwischen zwei Personen aufgeteilt, verstehen Sie? Die Persönlichkeiten der Gestorbenen in diesem Wartezimmer werden noch lebenden Menschen als zusätzliche Person eingepflanzt. Diese Menschen sind dann gespaltene Persönlichkeiten.«

Kai blieb der Mund offenstehen. »Aber das ist doch krank. Warum tun Sie das?«

Fjodor Andrejewitschs Lächeln erstarb und nun sah sie ihn verständnislos an. »Na weil das so vorgeschrieben ist. Ich mache die Vorschriften nicht.«

Kai schlug die Hände vor das Gesicht. Er konnte es nicht fassen. Nicht einmal vor Geisteskrankheiten machten sie mit ihrem gleichgültigen Kadavergehorsam halt.

Benno räusperte sich. »Was Fjodor Andrejewitsch dir anbieten kann, ist ... ist ... als zweite Persönlichkeit in einen noch lebenden Menschen eingepflanzt zu werden.«

»Was?«, fragte Kai fassungslos.

»Ja«, dröhnte die Dicke nun wieder ganz begeistert. »Es steht nirgendwo ausdrücklich geschrieben, dass die Ergänzungspersönlichkeiten bei der Schizophrenie ausdrücklich Gestorbene aus den Szenarien sein müssen. Bei großzügiger Auslegung kann ich also durchaus auch Sie für dieses Verfahren zulassen.«

Kai wusste nicht, was er sagen sollte und schüttelte ungläubig den Kopf.

»Ich verstehe, dass das keine perfekte Lösung ist ... aber im Vergleich zum Verklappen ...«, warf Benno ein und kratzte sich verlegen am Bart.

Kai sah abwechselnd von Benno zu der strahlenden Fjodor Andrejewitsch. »Aber was passiert denn mit meinem Körper?«, fragte er nachdenklich.

Fjodor Andrejewitsch lächelte unsicher. »Um den kümmern wir uns hier. Der wird für andere Zwecke weiterverwendet.«

»Andere Zwecke?«

»Andere Zwecke, ja.«

»In der Regel bekommt die Präparationsabteilung die Körper. Die haben ständig Bedarf, weil sie ja auf der Erde Leichen präparieren müssen«, ergänzte Benno.

Kai schluckte. »Aber wie … trennen Sie denn Geist und Körper voneinander?«

»Dafür haben wir eine spezielle Kammer, die den Geist wie einen Korken aus einer Flasche zieht«, erklärte Fjodor Andrejewitsch nicht ohne Stolz und wies auf eine dicke Stahltür an der Stirnseite des großen Raums. »Und es ist absolut schmerzfrei.«

»Woher wissen Sie das? Haben Sie das selbst schon mal gemacht?«

»Äh, nein. Aber die Trennungsprobanden zeigen nie irgendein Anzeichen von Unwohlsein oder gar Schmerz. Es geht auch ganz schnell, dauert nur eine Sekunde.«

Kai atmete tief durch. Ihm wurde ein wenig übel bei der Vorstellung. Allerdings wurde ihm auch mulmig, wenn er an die Ungewissheit dachte, die ihn beim Verklappen erwartete.

»Das ist ja vollkommen irre«, stieß er hervor.

»Genau«, dröhnte Fjodor Andrejewitsch begeistert.

»Und in welchen Menschen würden Sie mich verpflanzen? Ist das Zufall?«

»Ja, das spuckt unser Computer in der Regel aus. Allerdings … wenn Sie es nicht verraten … kann ich das System auch ein wenig manipulieren«, sagte Fjodor Andrejewitsch und lachte leise.

Kai schloss die Augen und versuchte seine Gedanken zu ordnen. Entweder er ging jetzt die Treppe runter und ließ sich von den Sicherheitskräften als Sondermüll ins Ungewisse verklappen. Oder er ließ sich aus seinem

Körper ziehen und in einen Menschen einpflanzen. Beide Vorstellungen waren alles andere als angenehm, wobei er bei der zweiten Variante zumindest die Chance hatte, dass es irgendwie weiterging.

Nur ... in wen sollte er als zweite Persönlichkeit einziehen? Vielleicht in den nordkoreanischen Diktator Kim-Jong-Il und ihn mal ein wenig zur Vernunft bringen? Oder in diesen langschwänzigen Porno-Darsteller Titus Steel, um mal zu sehen, wie das in diesem Business so ist? Oder vielleicht in einen Chemie-Nobelpreisträger, um da spektakuläres Wissen abzugreifen? Oder ... ja!

»Ich mach es«, sagte Kai plötzlich entschlossen. »Können Sie mich in eine bestimmte Person verpflanzen.«

Fjodor Andrejewitsch zwinkerte. »Eigentlich geht das natürlich nicht. Aber wenn Sie so nett fragen. Wer soll es denn sein?«

Kai ging zum Schreibtisch und schrieb den Namen auf einen Notizblock. Fjodor Andrejewitsch las und tippte in ihrem Computer. »Okay, das ist machbar«, sagte sie nach einer Weile.

Kai lachte laut auf und umarmte Benno kräftig. »Alter Verräter, vielen Dank. Du hast mir einen großen Gefallen getan.«

Benno schaute verwirrt aber glücklich. »Oh ... das freut mich ...«

»Legen Sie gleich los, ich bin soweit«, sagte Kai lachend zu Fjodor Andrejewitsch, die ebenfalls herzlich lachte. »Einen Moment, ich muss erst die Anwendung vorbereiten.« Sie tippte und klickte eine Weile, während Kai grimmig vor sich hin lachte.

»Okay, dann können Sie durch die Stahltür gehen. Die Anwendung startet automatisch, wenn Sie die Tür geschlossen haben.«

»Danke, vielen Dank«, sagte Kai und ging entschlossen zu der Tür. Er nickte Fjodor Andrejewitsch und Benno noch einmal zu.

Er ging hinein und atmete tief ein.

»Mein ist die Rache! Drittliga-Arsch ich komme!«, rief Kai wild lachend und schloss mit einem kräftigen Ruck die Tür.

- ENDE -